講談社文庫

藁化《わらば》け

古道具屋 皆塵堂

輪渡颯介

講談社

目次

古道具屋 皆塵堂《かいじんどう》

藁《わら》化《ば》け

登場人物

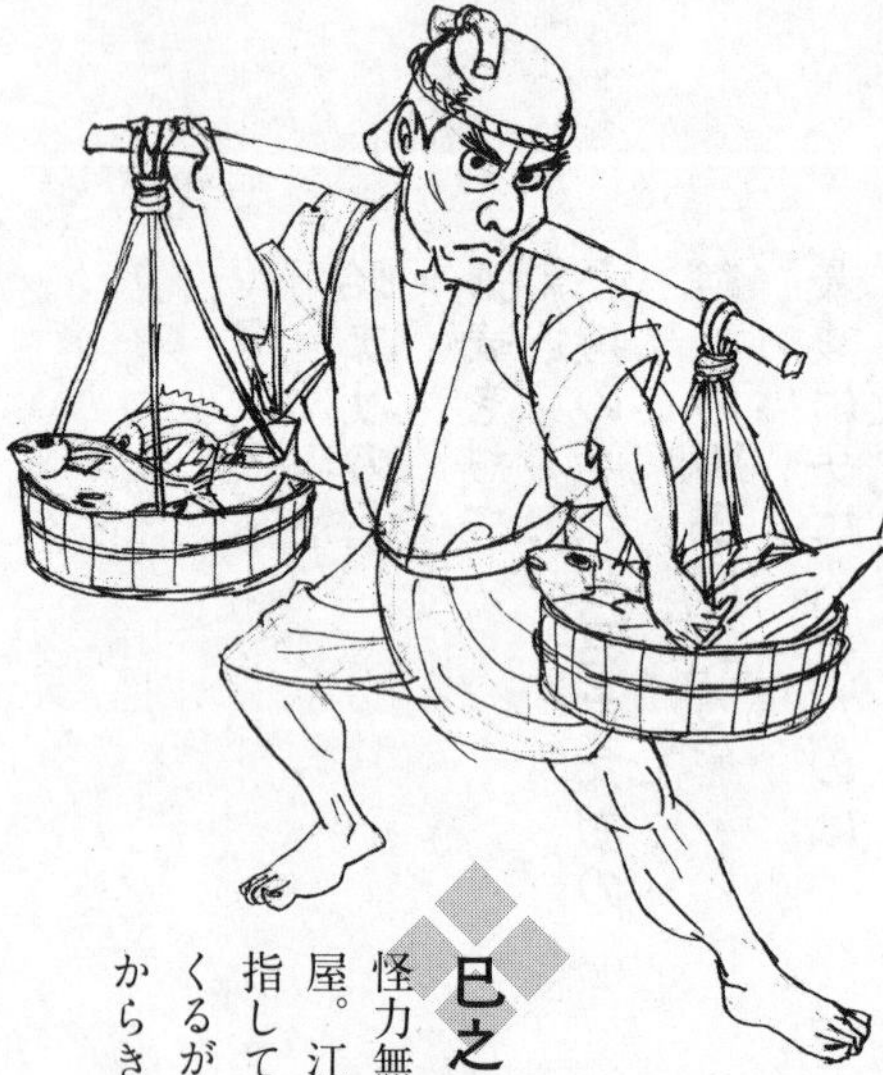

お志乃(おしの)

浅草の札差《ふださし》大和屋《やまとや》のお嬢様付き女中。とびきりの美貌に、巳之助が一目惚《ぼ》れしたが。

巳之助(みのすけ)

怪力無双の棒手振《ぼてふ》りの魚屋。江戸一の猫好きを目指している。猫は寄ってくるが、若い女たちには、からきしモテない。

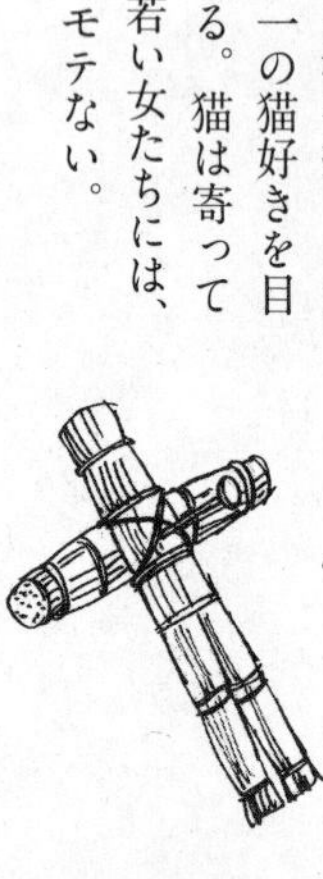

伊平次（いへいじ）

深川の古道具屋皆塵堂の主《あるじ》。曰《いわ》く品《ひん》ばかり集めてくる。

鮪助（しびすけ）

皆塵堂に居着いている猫。貫禄十分。

峰吉（みねきち）

皆塵堂の小僧。器用で目利き、皆塵堂を切り回す。

清左衛門（せいざえもん）

皆塵堂の家主で、材木問屋鳴海屋《なるみや》のご隠居。

イラスト：山本（Shige）重也

勝次（かつじ）

悪い金貸したちと
つるむろくでなし。
巳之助を怖れる。

辻浦卜仙（つじうら・ぼくせん）

深川西町の屋敷に住む謎の人相見。

九平（くへい）

袋物屋の主だった幽霊。
蕎麦《そば》打ちに執念を燃やす。

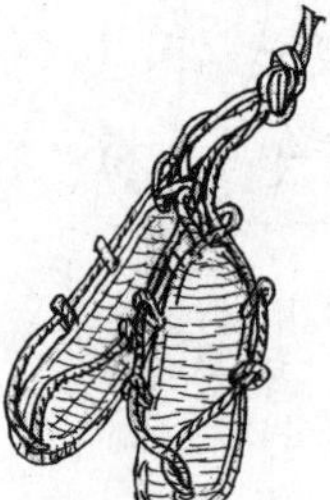

藁化《わらば》け

古道具屋 皆塵堂《かいじんどう》

始まりの藁《わら》

一

猫がいなくなったという。

場所は新吉原《しんよしわら》から少し西へ行った辺りだ。一面に田畑が広がっているが、たまにポツリポツリと木立《こだち》の塊《かたまり》がある。

そのうちの一つに、小さな祠《ほこら》が祀《まつ》られていた。周りの田んぼから少し小高くなっていて、こんもりと木が茂っている場所だ。

ひと月ほど前にそこで野良猫が数匹の子猫を産み、育てていたらしい。ところが、その猫たちが突如として姿を消したというのだ。

「……ふうむ。まずはとりあえず、お参りしておくか」

巳之助《みのすけ》はそう言いながら木立の中に足を踏み入れた。小さな鳥居をくぐって祠の前に立つ。もしどこかに猫が隠れていたら驚かせてしまうので、遠慮がちに小さく柏手《かしわで》を打って祠に頭を下げた。

「さて、肝心の猫たちだが……」

祠の周りに目を配った。膝《ひざ》くらいの高さの草が生い茂っていて見通しが悪い。そこで耳を澄ましてみたが、何かが動く物音や、鳴き声などは一切聞こえてこなかった。せいぜい風に揺れる草の音がかすかに耳に入るくらいだ。

「……今のところ、気配は感じられないな」

巳之助は木立の間から見える田んぼへと目をやった。刈り入れ前の稲が昼下がりの秋の日に照らされて黄金色に輝いている。

「近くの寺や百姓家なんかに移ったのならいいが、下手をすると……」

鼬《いたち》や狐《きつね》、狸《たぬき》などにやられた、なんてこともあり得る。

「……いやいや」

悪い考えを振り払うように巳之助は大きく頭《かぶり》を振り、それから自分の後ろに立っている男の方を振り返った。

「さっさと彦兵衛《ひこべえ》さんの所に連れていけばよかったのに」

「まったくだよ。今になってみると、私もそう思うんだけどね」

彦兵衛は辺りの草むらの中を覗《のぞ》き込みながら答えた。

「母猫が人馴《ひとな》れしていなくてね。少しずつ手懐《てなず》けている最中だったんだよ。まさか急にいなくなるなんて思わなかった。それで、慌《あわ》てて巳之さんを呼んだわけだ。江戸で一番の猫好きと言われる男なら何とかしてくれるんじゃないかと考えて……」

「それは買いかぶりすぎだって。俺はただの、しがない棒手振《ぼてふ》りの魚屋だよ」

ただし、それは昼までのことだ。女房子供がいる魚屋だと、昼飯の後に再び魚河岸に行って魚を仕入れ、売り歩いたりもするが、巳之助は独り者だからそこまで稼ぐことはしない。特に用事がなければ、昼飯を食ったら自分が住んでいる長屋で飼っている猫たちと遊び、その後は他の猫の様子を眺《なが》めるために江戸中を歩き回っている。

だが、その程度で江戸一番と言われるわけにはいかない。まだまだ甘い。自分はもっと高みを目指すのだ。

「俺なんかより彦兵衛さんの方がよっぽど猫好きだろう。自分の長屋で十四以上の猫を飼っているんだからさ」

彦兵衛は巳之助の猫好き仲間である。年は五十をいくつか過ぎたくらいだ。ここから少し西に行った、下谷通新町《したやとおりしんまち》に住んでいる。長屋の家主で、自らもそこに住んでいる居付地主だ。しかもそれだけでなく、下谷坂本町《したやさかもとちょう》にも別に長屋を持っている。もちろんそちらでも猫を数匹飼っていて、差配人に世話をさせているという。

「俺なんか裏店《うらだな》の借家住まいだからな。大家に悪くて、せいぜい五、六匹しか飼えない。雌もいるから春になると子猫を産むんだけどよ、貰《もら》い手を探すのが大変なんだ。彦兵衛さんはそんなことをしなくて済むだろう。自分の長屋なんだから遠慮せずに飼える。まったく羨《うらや》ましい限りだよ。いったいどんな悪いことをしたら、そんなふうになれるんだか」

彦兵衛は、今は何の商売もせず、店賃《たなちん》の上がりだけで食っている。若い頃にどのような仕事をしていたのかは、いくら訊《き》いても教えてくれない。

「結構な強面《こわもて》だから、真っ当な仕事をしていたわけじゃなさそうなんだよな……」

「おいおい、顔の怖さなら巳之さんの方が上だろう。近所の子供が度胸試しで見に来るそうじゃないか」

「う……ま、まあな」

別に子供が怖がるのは構わないが、たまたま道で顔を合わせただけの若い娘までが驚いて逃げていくのは困りものだ。巳之助は今年で二十四になった。そろそろ女房が欲しい年頃である。しかしこの顔のせいか、まったく縁がない。

「私たちの顔のことは置いといて、とにかく猫を捜《さが》そうじゃないか。姿を見なくなったのは四、五日前からだな。巳之さんが言ったように別の場所に移っただけならいいが、どうも胸騒ぎがするんだよ。悪いことばかり考えてしまう。母猫が病かなんかで動けなくなり、乳も出なくなって子猫が飢えているんじゃないか、などと……」

「確か、手懐けている最中だって言ってたよな。彦兵衛さん、餌《えさ》はやってなかったのかい」

「もちろんやってたよ。その祠の脇に小皿が置いてあるだろう。それに入れてたんだ。姿が見えなくなってからも餌を置いていたのだが、減っている様子はなかった」

「それなら、やはり他の所へ行ったのかもしれないな。だが、念のためにこの木立の中を捜してみるか」

巳之助は祠の前を離れ、草むらの中へと入っていった。彦兵衛も祠を挟んだ反対側の草むらに入って、消えた猫を捜し始めた。

強面の男たちは四半時《しはんとき》もの間、にゃあにゃあと言いながら木立の中を歩き回った。

しかし駄目だった。祠の裏の辺りの草むらになぜか梯子《はしご》が落ちていたのを見つけたくらいで、肝心の猫たちの姿はまったく見当たらなかった。

「やはり、ここにはいないみたいだな」

再び祠の前に戻った巳之助は、そう言って首を振った。

「うむ、そのようだ」

同じく祠の前まで戻ってきた彦兵衛が肩を落としながら返事をした。

「近くにある他の木立の中とか、寺や百姓家を回ってみるかな。さすがにそこまで巳之さんに付き合ってもらうのは悪いから、一人で行くよ」

「いやあ、俺だって猫たちのことは気になるし、乗りかかった船だから最後まで付き合うよ。それに、方々を捜し歩くよりも、よっぽど楽で早いやり方があるんだ。その手を使えば必ず見つかる。いや、猫たちの方から寄ってくる。しかしそのためには、いったん俺の住んでいる長屋に戻らなければならないけどね」

その前にもう一度、祠へ手を合わせておこうと巳之助は考えた。

「……あれ？」

祠へ目をやった巳之助は眉《まゆ》をひそめた。扉が格子戸になっていて中が覗けたが、そこに奇妙な物があったからである。あまり祠の中に納めるような物ではない。少なくとも巳之助は見たことがなかった。

「ううむ」

巳之助は扉に近づいて祠を覗き込んだ。

「ちょっと巳之さん、そういうのを無闇に開けちゃだめだぜ」

「分かってるって。前に俺の弟分が向島《むこうじま》の方にある祠を開けちまって、酷《ひど》い目に遭《あ》っているんでね。外から眺めるだけだ。彦兵衛さんも見てごらんよ。変わった物が入ってるぜ」

まず目につくのは鏡だ。これが五徳《ごとく》のような物の上に載せられている。柄がついているので手鏡のようだし、なぜかその柄に紐《ひも》が付いているが、それはともかく、御神体が鏡というのはよくあることなので、これはいいだろう。

それから、小さな皿や瓶子《へいし》といった器もある。これも変わった物ではない。灯明《とうみょう》を立てる燭台《しょくだい》があり、その下に何本か蠟燭《ろうそく》が置かれている。もちろんこれもいい。

一番奥に御札《おふだ》が立てかけられている。これもあって然《しか》るべき物だ。そのすぐ前に何が入っているのか分からない袋が置いてあるが、百歩譲ってこれも良しとしよう。だが……。

「……下駄《げた》があるな」

巳之助の横から祠を覗き込んだ彦兵衛が呟《つぶや》いた。

「そうなんだよ。あまりこういう所では見ないよな。なあ、彦兵衛さん。祠の中にあるってことは、この下駄、祀ってあるってことでいいのかな」

「どうだろうか。私はあまり信心深い方ではないから、ちょっと分からないな」

「俺もこの手のことには詳しくないけど……」

よく見ると妙に歯が高くて、歩きにくそうな下駄である。それだけに、何となく特別な物のように感じた。

「……うん、やっぱり祀ってあるんだよ。きっとこれは下駄神様の祠なんだな。それならせっかくだから、お願い事の一つもしておくか」

近くに猫がいないと分かったので、巳之助は頭を下げた後に大きな音を立てて柏手を打った。

「ええ、神様。俺は棒手振りの魚屋をしている者ですが、あちこち歩き回っているせいですぐに草鞋《わらじ》が擦《す》り切れてしまい、とても困っています。どうか、丈夫で長持ちする草鞋をお与えください」

「おいおい、巳之さん。下駄神様じゃなかったのかい。草鞋って……」

「同じ履物《はきもの》だから構わないだろう。本当にすぐに駄目になるんだよ……だから神様、どうか擦り切れない草鞋をお願いします」

巳之助は祠に向かって再び深々と頭を下げた。

「……み、巳之さん、それだけしっかりとお願いすれば、神様も聞き届けてくれると思うよ。それより猫を捜す話だけどね。方々を捜し歩くより楽で早いやり方ってのは、どんなことなんだい」

「ああ、それか」

巳之助は頭を上げると、彦兵衛へと顔を向けた。

「ええと、確か彦兵衛さんは、俺の住む鬼猫長屋に来たことがあったよな」

猫がいて、鬼のような顔をした巳之助もいるから、近所の者にそう呼ばれている。

「あ、ああ。猫を眺めに行ったことがあるよ。ええと、黒兵衛《くろべえ》に雷鼓《らいこ》、茶四郎《ちゃしろう》、木立《こだち》に日和《ひより》、それから私が行った時には会えなかったが、表店の方に白助《しろすけ》という猫もいるんだっけか」

さすが猫好きである。しっかりと猫の名が頭に入っている。

「白助に会っていない、ということは、まだ太一郎《たいちろう》にも会ったことがないってことだと思うんだが」

「うむ、知らないな。どんな猫だね」

「いや、残念ながらそいつは人間だ。白助の飼い主だよ。俺と同い年で、餓鬼《がき》の頃から知っている幼馴染《おさななじみ》なんだ。銀杏屋《いちょうや》っていう道具屋の主《あるじ》をしている。この太一郎が、少し変わった野郎でね。幽霊が見えてしまう男なんだよ。しかもそれだけじゃなくて、そいつがどんな風に死んだのか、とか、どんな恨みを抱いているのか、なんてのも分かってしまうんだ。必ずしも常に、というわけでもないらしいが、たいていは一目その幽霊を見ただけで、いろんなことが分かる」

「へ、へえ……。それが本当だとしたら、かなり凄《すご》いな」

彦兵衛は目を丸くした。

「もちろん嘘《うそ》じゃないさ。だけどね、彦兵衛さん。はっきり言ってそんな力はどうでもいいんだよ」

「おいおい巳之さん、どうでもいいってことはないだろう」

「いや、太一郎が本当に凄いのは、別の力なんだ。あいつは俺たちと違って、猫が苦手なんだよ。家で白助を飼っているくせにさ。ところがそれなのに、どういうわけかやたらと猫に好かれるんだ。それも尋常ではないほどにね。ちょっと表を歩くだけで、近くに居る猫が体にひっついてくる。人馴れしていない野良猫でも大喜びで寄ってくるんだ。歩く木天蓼《またたび》だよ、あいつは」

「そ、それは確かに、幽霊が見えるなんてことはどうでもいいな。凄い、というか、羨ましい」

「まったくだ」

猫が苦手な太一郎ではなく、猫好きの自分たちにこそ欲しい力である。

「だから猫を捜そうと思ったら太一郎を連れて歩くのが一番なんだ。余計な猫もくっついてくるけど、それはそれで嬉《うれ》しい。そういうわけだから、まずは太一郎を呼びに行こう。俺が頼んでも嫌がるだろうが、彦兵衛さんがお願いすれば動いてくれると思うぜ」

巳之助はそう言うと、銀杏屋がある浅草阿部川町《あさくさあべかわちょう》に向けて歩き出した。

二

「おうい、太一郎。ちょっと手伝ってほしいことがあるんだけどよ」

巳之助がそう声を掛けながら銀杏屋の戸口をくぐると、太一郎は帳場の上がり框《かまち》の所に座って、店土間にいる客らしき者と話をしているところだった。

「ありゃ」

これはしくじったな、と巳之助は顔をしかめた。太一郎が相手をしているのが若い娘だったからである。入る前に中の様子を確かめるべきだった。

銀杏屋の壁際《かべぎわ》には値の張りそうな壺《つぼ》が台の上に並べられている。いきなり現れた自分を見て娘が後ずさりし、その壺にぶつかって割ったりしたら大変だからだ。

案の定、娘は店に入ってきた巳之助を見てびっくりし、すっと体を引いた。だが、下がったのはわずかに二歩程度だった。それだけで踏みとどまったので壁際まで行かず、壺は無事だった。

「あ……あら、巳之助さん」

今度は巳之助の方がびっくりした。その娘が、巳之助に向かって頭を下げたのだ。どうやら知り合いだったらしい。いったい誰だ、と巳之助は娘の顔をまじまじと見た。

「ああ、なんだ。おきみちゃんか。道理で俺の姿を見てもあまり驚かなかったわけだ」

「そんな……巳之助さんは恩人ですから、驚くだなんて……」

そう言うわりには少し下がったけどな、と思いながら、巳之助は後ろにいる彦兵衛を振り返った。

「ええと、この娘はおきみちゃんと言ってね。神田《かんだ》の松田町《まつだちょう》にある安積屋《あづみや》という紙問屋で女中奉公をしているんだよ。まだ年は十四なんだが、しっかり者なんだぜ。ちなみにその安積屋には俺が押し付けた猫が数匹飼われていて、このおきみちゃんが世話をしている。そのための猫部屋なんてのも安積屋にはあるんだぜ」

「ほう、それは素晴らしいな」

彦兵衛は目を輝かせた。

「ぜひ一度、その安積屋を訪れたいものだ……ところで、恩人ってのが気になったんだが、いったい何があったんだい」

「あ、ああ……いや、おきみちゃんはご両親を亡くしていて、天涯孤独の身の上なんだが……」

巳之助はおきみの方へ向き直り、その顔色を窺《うかが》いながら答えた。

「……親父さんが残した借金の形《かた》として、女郎屋に売り飛ばされそうになったんだよ」

おきみにとっては辛い話だと思うが、まったく顔色を変えずにいる。強い娘だと感心した。

「それで、まあいろいろな人が動いたお蔭《かげ》でおきみちゃんは売られずに済み、安積屋で女中奉公をすることになったんだ。おきみちゃんの言う恩人ってのは、その人たちのことだと思う。だけど、俺はそんなふうに呼ばれるほどのことはしていないよ。せいぜい、勝次《かつじ》とかいう女衒《ぜげん》野郎を殴り飛ばしたくらいのものでね」

相手は刃物をちらつかせていたが、巳之助にとっては屁《へ》でもなかった。

「そんな……巳之助さんのお蔭でとても助かっています。この間もその、勝次さんって人と道でばったり顔を合わせたのですが、あたしの顔を見ても舌打ちをしただけで、すぐに行ってしまいました。多分、巳之助さんがあの時に、その……やっつけてくれたからだと思います」

「ああ、その通りだろうな。下手に関わったら巳之さんが出てくると思うと、どんな野郎でもしっぽを巻いて逃げ出すよ。若い娘さんにとって、巳之さんと知り合いだというのはいいことかもしれない。悪い虫が寄ってこないから」

彦兵衛がそう言って笑った。

「なんだよ、俺は虫除けか。いや、別におきみちゃんが助かっているっていうなら、それでも構わないけどよ。ところで、おきみちゃんが銀杏屋に来るなんて珍しいな。何の用事だい」

「若旦那様《わかだんなさま》がまた皆塵堂《かいじんどう》さんにお世話になっているらしいので、そうなると太一郎さんにも迷惑をかけることがあるだろう、と旦那様がおっしゃいまして……」

「ふうん」

巳之助は上がり框にいる太一郎の方を見た。横に風呂敷包みが置かれている。多分、安積屋が寄こした菓子か何かが入っているのだろう。

「……皆塵堂さんと鳴海屋《なるみや》さんへは、旦那様がご挨拶《あいさつ》に伺《うかが》っています。さすがにこちらまでは手が回らないということで、あたしが参りました」

「安積屋の旦那も律義だねえ。馬鹿息子のために」

巳之助はまた彦兵衛の方を振り返った。

「ええと、皆塵堂っていうのは太一郎が前に修業していた、深川亀久町《ふかがわかめひさちよう》にある古道具屋だ。鮪助《しびすけ》って名の立派な雄猫がいるから、そのうちに案内するよ。あれは猫好きなら一度は見ておくべきだと思う。それから鳴海屋ってのは木場《きば》にある材木問屋で、かなりの大店《おおだな》だから彦兵衛さんも耳にしたことがあるんじゃないかな。そこの隠居が皆塵堂の地主なんだ。で、若旦那ってのは安積屋を勘当された馬鹿息子のことで、円九《えんく》郎《ろう》って名なんだが、これは別にどうでもいいから覚えなくていい」

「ふむ、それなら忘れるよ。ええと、おきみちゃん。私は下谷通新町に住んでいる彦兵衛という者でね。その辺りではちょっとした顔役だから、何か困ったことがあったら訪ねてきなさい。遠慮することはないよ。安積屋さんで猫たちの世話をしているって話だからね。それならもう、私たちの仲間だ」

「は、はあ……ありがとうございます」

おきみは困惑したような顔をしながら礼を言った。五十過ぎの男から仲間だなんて言われたら、そんな顔にもなるだろう。

「それでは、あまり遅くなると店の者に心配されるかもしれませんので、あたしはこれで失礼いたします」

太一郎と巳之助、彦兵衛にそれぞれ頭を下げ、おきみは銀杏屋から出ていった。

「……そうそう、太一郎に用があって来たんだった」

おきみを見送った後で、巳之助は再び太一郎へと目を移した。ようやく自分の番が来たか、と太一郎は面倒臭《くさ》そうに居住まいを正していた。

「ええと、太一郎。この人は……」

「分かってるよ。おきみちゃんと話しているのを聞いていたんだから」

太一郎はそう言うと、彦兵衛に向かって会釈をした。

「下谷通新町に住んでいらっしゃる、彦兵衛さんでございますね。私は銀杏屋の主の太一郎と申します」

「あ、ああ……彦兵衛だ。なんか、言うことがなくなってしまったな」

彦兵衛は困ったように頭を掻《か》いた。

「それにしても驚いたよ。巳之さんの幼馴染だって聞いていたので、とんでもない化け物が出てくるんじゃないかと、及び腰でここまで来たんだよ。ところが、まるで違う感じの人だった」

体が大きく顔も怖い巳之助と違い、太一郎は中肉中背、いかにも人の良さそうな若旦那、という風貌をしている。こうして銀杏屋で客に対している時の物腰も柔らかい。だから彦兵衛がそう言うのも無理はないと思う。だが……。

「彦兵衛さん、騙《だま》されちゃいけないよ。確かに俺は、見た目が酷い。だけどね、太一郎はその反対なんだ。中身が化け物なんだよ」

「……おい巳之助、そんなこと言っていいのかい。お前は、俺に何か手伝ってほしいことがあって、ここに来たんだよな。どうやら彦兵衛さんはお前の猫好き仲間らしいが、そういう人と一緒だということは、間違いなく猫絡みだ。多分、猫を捕まえてくれとか、そういう類《たぐい》の話だろう。そんな頼み事を俺が大人《おとな》しく聞くわけがない。それなのに人を化け物だとか……まったく」

太一郎は巳之助を睨《にら》みつけてそう言い、それから顔を彦兵衛の方へと動かした。

「……彦兵衛さん、私は猫が苦手なのでございます。ですから、猫についての頼み事は御免蒙《ごめんこうむ》りたいと、そのように……うん？」

途中で太一郎は言葉を止め、眉をひそめた。

「どうかしたのかい」

彦兵衛が訊くと、太一郎は「ああ、いや」と口ごもりながら目を壁がある方へ向けた。店の東側にある壁だ。そちらをぼんやりと眺めながら呟く。

「……田んぼの中か……ふうむ、祠があるな……はあ、なるほど。さすがにこれは、猫が逃げ出すのも無理はない」

どうやら太一郎の目には、はるか遠くにあるあの木立が見えているらしい。それに、なぜ猫がいなくなったのか、ということも分かってしまったようだ。

今さらなので巳之助に驚きはなかった。しかし太一郎に初めて会う彦兵衛は口をあんぐりと開けている。太一郎よりこっちを眺めていた方が面白そうだ、と巳之助は思いながら、横目でそんな彦兵衛の様子を盗み見た。

「……これは、さすがに止めないとまずいことになるかな。下手すりゃ人死にが出る。幸い今は猫がいないのだから、行ってみるとするか」

太一郎の顔がぐりっと彦兵衛の方を向いた。その途端、彦兵衛はびくっとして体を少し引いた。強面の五十男でも、初めてとなるとこうなるらしい。

「ええと、彦兵衛さん。申しわけありませんが、少しお待ちください。店番を番頭と代わらなければなりませんが、今は裏にある蔵の片付けをしていましてね。すぐに呼んで参りますので」

太一郎はすっと立ち上がると、帳場の奥へと姿を消した。

「……どうだい、彦兵衛さん。あれが太一郎という男なんだが」

「あ、ああ……」

彦兵衛は太一郎が見えなくなった後も、呆気《あっけ》にとられた様子でしばらく帳場の奥の方を見ていたが、やがて感心したような顔になり、巳之助の方を向いた。

「……確かにあれは、巳之さんとはまた一味違った化け物だな」

「そうだろう」

うんうんと巳之助は何度も頷《うなず》いた。

「あれは凄い。心底びっくりしたよ。だけど……」

銀杏屋の裏口の方から太一郎の悲鳴が聞こえてきた。「こら黒兵衛、体に上るな」とか「おい日和、頼むから首筋を舐《な》めるのはやめてくれ」という声が続く。鬼猫長屋にいる猫たちが太一郎に群がっているようだ。

「……本当に、やたらと猫に好かれるんだな」

「そうなんだよ」

巳之助はまた何度も頷いた。

「幽霊がどうとかいうより、こっちの方がはるかに気になるな」

「まったくだ。どうしたらそんな力が身につくのか……」

二人の猫好き男は銀杏屋の裏口の方へ目を向けると、同時に「ああ、羨ましい」と呟いた。

巳之助と彦兵衛は、太一郎を伴って再び田んぼの中の木立へと戻ってきた。

様子は先ほどと変わっていない。猫の気配はやはり感じられなかった。そのせいか木立に入ってからは太一郎が先頭に立って祠へと近づいていった。足取りが軽そうである。

「……ああ、確かに下駄があるな。巳之助が言った通りだ」

祠の中を覗き込んだ太一郎が言った。

ここへ来るまでの間に、祠の中にある物を巳之助は太一郎に教えている。しかし、別に聞かなくても太一郎には分かっているような節があった。やはり「見えた」のだろうと巳之助は思った。

「なあ、太一郎。ここには幽霊が出るんだよな。いったいどんなやつなんだい」

周りの草むらに目を配りながら、巳之助は恐る恐る訊《たず》ねた。

幽霊を怖がっているのだから目を上げるべきだと思うが、どうしても下の方を見てしまう。ここに猫はいないらしいと分かっていても、もしかしたらと思って捜してしまうのだ。

彦兵衛の様子も同じである。このあたりは猫好きの性《さが》なのであろう。

「いや、ここに幽霊はいないよ」

太一郎からそんな答えが返ってきたので巳之助は驚いた。

「は？　だってお前……」

それはおかしい。太一郎はまだ銀杏屋にいる時に、ここのことが分かった。それに猫が姿を消したのも、その手のことが原因だというような口ぶりだった。それなら、ここに幽霊がいるということではないか。

「……あのなあ、巳之助。俺が感じ取ることができるのは、別に幽霊だけとは限らないんだよ。呪《のろ》いとか祟《たた》りとか、そういう類のものもあるんだ。巳之助だって、この祠を覗いた時に気づけたと思うんだけどな。中に入っている物を言ってみなよ」

「ええと、下駄だろ。それに五徳のような物に載せられた鏡……」

「ようなもの、ではなくて五徳だな」

「それから水とかお神酒《みき》とかを入れる器、蠟燭立てと蠟燭……」

「器や蠟燭立ては元からあった物だろうな。蠟燭は分からない。初めから入っていたのかもしれないし、これを仕掛けた人が持ってきた物かもしれない」

「……御札と、何が入っているのか分からない袋。これですべてかな」

「御札も元からあった物だ。これが御神体だよ。袋は、仕掛けた人が持ってきた物だな。中身は別に見なくても、もう巳之助にも分かると思うが……」

「いや……」

俺には無理だ、と思いながらも、巳之助はとりあえず頭の中で祠に入っている物を選《え》り分けることにした。太一郎によると、どうやら元から納められていた物と、後から何者かの手によって入れられた物があるらしい。

御札と器の類、蠟燭立ては初めからあった。蠟燭は分からない。

後から入れられたのは下駄と五徳と鏡、それから袋だ。

「……ううむ、何となく分かってきたぞ。俺も皆塵堂に出入りしているからな」

かつて太一郎が修業をしていた皆塵堂は、人死にが出たような家からでも平気で古道具を買い取ってくる店なのである。また、何やら怪しいものが取り憑《つ》いているみたいだから引き取ってくれ、と他の古道具屋から頼まれることも多い。そんな皆塵堂に出入りし、さらに太一郎のような者と付き合いがある巳之助は、否《いや》が応でもその手のものに詳しくなってしまったのだ。

「……だが、肝心のあれが見当たらないけど」

巳之助は、周りに立つ木々を眺めながら呟いた。

「ああ、惜しいな。巳之助、もう少しだ。見るべき場所が少しだけ違うよ。いなくなった猫……母猫もだが、特に子猫を捜していたものだから、きっと巳之助と彦兵衛さんは下の方ばかり見ていたのだろう。それなら分からなかったのも無理はないかな。だけど、祠の後ろの方に落ちている梯子を見つけたそうだから、その時に気づいてもよかったと思うんだ。もっと上だよ」

太一郎はそう言うと、指を上に向けた。

巳之助は首を曲げて、太一郎が指している方を見た。途端に「うおっ」と大きな声を出す。彦兵衛も唸《うな》り声を漏《も》らしていた。

祠を取り囲んでいる木々の、かなり高い所に藁人形《わらにんぎょう》が打ち付けてあったのである。数は五つだ。一本の木に一つずつ据《す》えられている。頭に当たる部分が少し前に折れ曲がっているので、まるで巳之助たちを見下ろしているみたいだった。

「……丑《うし》の刻《こく》参りをしているのは女の人みたいだな。まだ若そうだ」

藁人形を見上げながら太一郎が話し始めた。そんなことまで分かるらしい。

「白装束を着て高歯の下駄を履《は》き、鏡を胸の所にぶら下げる。頭には五徳を逆さに被《かぶ》り、その足に蠟燭を括《くく》り付ける。その格好で藁人形を五寸釘で打ち付ける……というのが丑の刻参りの作法だ。呪いを行なっているのはまだ嫁入り前の若い娘さんのようだから、きっと親と住んでいるのだろう。夜中にたくさんの物を持って家を抜け出そうとすると、音を立ててしまって親に気づかれてしまう。だから前もって呪いに使う道具を祠の中に隠しておいたんだ。袋の中身は玄翁《げんのう》と五寸釘だろう。さすがに藁人形は家から持ってきているようだが、これは大きな音を立てないからな」

「だけどよ、わざわざこんな高い所に打ち付けなくてもいいんじゃないか。梯子まで使ってさ。危ないだろうに」

その梯子もきっとその女がわざわざ用意し、草むらに隠したのだろう。

「丑の刻参りってのは七日続けて行なうものなんだよ。途中でばれてしまうと呪いが成就しない。だから見つかりにくいように高い所に打ち付けるってのは、決して珍しいことではないんだ」

「七日も続けるのか……」

巳之助は改めて周りの木にある藁人形を見回した。

「……五つあるってことは、あと二日か」

「ああ。今夜と、明日の晩だな」

「効き目があるのかな、この呪いは」

「ここにいた猫がいなくなったのは四、五日前という話だから、一体目か二体目の藁人形の時にはもう嫌なものを感じたわけだ。それで居場所を移したのだろう。まあ、なかなかの強さの恨みを抱いていると思うよ。無事に七日続けられれば、何かしらのことは起こるんじゃないかな。まあ、相手を呪い殺せるかもな」

太一郎の口調は軽い。この場所には猫が近づかないと分かっている気安さがあるのだろうが、もう少し深刻になってほしいものだ。

「……外しちまおうか、藁人形」

彦兵衛に声をかけると頷いたので、巳之助は梯子を取ってこようと足を踏み出した。しかし何歩も進まないうちに、太一郎に止められた。

「ちょっと待った。まだ外さなくていいだろう」

「何でだよ。まさか呪いを成就させるつもりじゃないだろうな」

「さすがに俺も、そんなことは思っていないよ。この手の呪いは相手だけじゃなく、仕掛けた本人もただじゃ済まないからな。止められるならば、それに越したことはない。だけどそれには、この藁人形を外すだけじゃ駄目なんだ。恨みが消えるわけじゃないんだから、いずれまた似たようなことを繰り返す」

「だったらどうすりゃいいんだよ」

「まだ二晩あるからね。誰に対して、どんな恨みを抱いているのか調べてみよう」

太一郎は横を向いた。木立の隙間《すきま》から見える、遠くの町を眺めているようだ。

「手前に寺とか武家屋敷がいくつかあるけど、丑の刻参りをしている娘がいるのはその先だな。あっちの方にあるのは、ええと……どの町でしょうか」

太一郎は目を彦兵衛の方へ向けた。

「下谷坂本町の辺りだろうな。私が持っている長屋があって、知り合いが多いから、その娘を調べるのに力になれるよ」

彦兵衛は、太一郎の持つ能力に慣れてしまったようだ。もうまったく驚いていない。

「それでは、丑の刻参りの娘を見つけに行きましょうか」

太一郎が祠に背を向けて歩き出した。彦兵衛もあとに続こうとする。しかし巳之助は、その二人を後ろから引き留めた。

「ちょっと待った」

「なんだよ、まだ何かあるのか」

太一郎が面倒臭そうに振り返った。

「もう一つ、念のために訊いておきたいんだが……結局これ、下駄神様の祠ではなかったってことなのかな」

「当たり前だろ。これはお稲荷《いなり》様の祠だ。その名の通り稲の神様だから、多分、近くのお百姓さんが祀ったのだろう」

「そうか……俺はてっきり履物の神様かと思っちまったよ」

巳之助は肩を落とした。

「……あれ、でも稲の神様ってことは、丈夫な草鞋が欲しいっていう俺の願い事も、まったくのお門違いってわけじゃないのかな。あれは藁から作る物だから」

「うん、まあ構わないんじゃないか。わりと何でも聞いてくれる神様だから。ほら、うちの長屋の隅にもお稲荷様の祠があるだろう。他にも、江戸の町のあちこちに祀られている。お稲荷様ってのは屋敷神でもあり、商売の神様でもあるんだ」

「ふうん、何でも聞いてくれるのか。それなら……」

巳之助は祠の正面に立ち、深々と頭を下げてから大きく柏手を打った。

「ええ、神様。お願いしたいことがあります。気立てが良くて若くて綺麗《きれい》な女房が欲しいのでございます。草鞋なんかより、そちらの方をどうか一つ……」

「おい巳之助。ただでさえ丑の刻参りなどという迷惑なことをされているんだ。その上さらにそんな難しい願い事をされたら神様が泣き出すぞ」

「だったら気合いを入れて、丑の刻参りの件を片付けてやろうぜ。そうすれば神様も、『ああ、この若者のお蔭で助かった。よし、お礼に願い事を聞き届けてあげよう』となるんじゃないかな……いや、きっとそうなる。うん、間違いない。太一郎、早くその娘の所へ案内しろよ。さっさと片付けて、神様の肩の荷を下ろしてあげよう」

「お前の願い事の方がよっぽど重荷だと俺は思……」

「行くぞ」

巳之助は祠にぺこりと一礼すると、すぐに太一郎たちを追い越し、下谷坂本町へ向けて勢いよく駆け出した。

三

巳之助と彦兵衛は、ある男のあとをこっそりとつけている。

藁人形を見つけた日の翌日の、夜の五つ頃だ。

太一郎の力のお蔭で、丑の刻参りをしている者の正体は、昨日にはもう分かっていた。

驚いたことにその者は、彦兵衛が持っている長屋に住んでいた。お津勢《つせ》という、表店にある味噌《みそ》屋の娘だ。年は十七である。

だがそれが分かっても、さすがにそのお津勢の許に行って「お前さん、どうして丑の刻参りなんてしているんだい」などと直《じか》に訊くわけにいかない。そこで巳之助たちは、長屋の差配人や他の住人に、お津勢のことで何か知らないか、と聞き回ったのである。

彦兵衛という家主がいるので、話を聞くのにさほど苦労はなく、すぐにお津勢が抱えている事情を知っている者を見つけることができた。

「あの娘、お津勢さんのことに詳《くわ》しくて助かったな。ええと、何て言う娘だったたっけ」

巳之助は前を歩く男の背中に目を向けながら小声で彦兵衛に訊ねた。

「お楽《らく》ちゃんだよ。一膳飯屋の娘で、店の手伝いもしているからだろうね。私たちのような者が相手でも物怖《ものお》じしないで、よく喋《しゃべ》ってくれたよ。もっとも、巳之さんを見た時には五歩くらい後ずさりしていたけど」

「初めて会ってそれだけなんて大したものだ」

お楽は十五だから、お津勢より年は二つ下だ。しかし同じ長屋で育った姉妹のような間柄だったので、お津勢が陥《おちい》っている事情が分かっていたし、そのことで自身も胸を痛めていた。だから家主である彦兵衛がお津勢の様子を訊ねた時に、渡りに船と事細かく事情を説明し、ぜひ助けてやってくれと頼んできたのだ。

お楽によると、お津勢には密かに夫婦約束を交わした男がいたという。吉五郎《きちごろう》という名で、年は二十歳《はたち》。やはり同じ長屋の裏店の方で育った、お津勢やお楽の幼馴染だ。

今、巳之助たちがあとをつけているのは、その吉五郎である。

「彦兵衛さんは当然、あいつのことを知っているんだよな」

巳之助が訊ねると、彦兵衛は「ううん」と唸って首を傾げた。

「差配人に任せている長屋にいた子供だからな。会ったことはあるはずだが、あまり覚えていないんだよ。それにもう、職人の修業で他所《よそ》に行ってしまっているし」

吉五郎は今、浅草六軒町《あさくさろっけんちょう》で錺師《かざりし》になるための修業をしている。巳之助や太一郎がいる浅草阿部川町からほど近い町だ。その辺りは寺が多いので、仏具屋がたくさんある。吉五郎はそういった仏具の金物や、仏壇の飾り金具などを細工する職人になろうとしているのだ。

修業はもうすぐ終わる。その後は一年ほどお礼奉公しなければならないが、それが済めば一人前だ。そうなったら夫婦になって一緒に暮らそうとお津勢と約束していたらしい。

「……だがお津勢さんは、その吉五郎からいきなり別れ話を切り出された、とお楽ちゃんは言ってたな」

「うむ。しかも、吉五郎にわけを訊いても答えてくれなかった。まあお津勢ちゃんも困るよな」

お津勢は、やはり今の巳之助たちのように、吉五郎のあとをつけたらしい。すると吉五郎は、ある一軒家の中に入っていった。しばらく外から様子を窺っていると、家の中から女の声が聞こえてきたという。

そのあたりのことまでは、お楽はお津勢から話してもらっていた。どうやら他に女ができたらしいとお津勢は泣いていたそうだ。しかしさすがに丑の刻参りのことまでは知らず、彦兵衛たちから話を聞いたお楽はびっくりしていた。

「思い余って、ということなんだろうが、まさか呪いをかけるなんてねえ……ところで、お津勢ちゃんが呪っているのは吉五郎なのかね。それとも相手の女なのだろうか。巳之さん、銀杏屋さんから聞いてないかい」

「聞いた。太一郎が言うには、女の方ということだ。なんで吉五郎には恨みが向かないのかね。それに丑の刻参りなんて馬鹿なことはしないで、吉五郎のことはすっぱり諦《あきら》め、さっさと他の男を見つければいいのに。江戸には独り者の男が山ほどいるんだから」

「そうもいかないのが男と女の仲なんだよ。まあ、人それぞれなんだろうけど、こういう場合は、恨みは相手の女へ向くことが多いと聞いたことがあるよ」

「太一郎もそう言ってたな」

その太一郎は今、丑の刻参りの場所である例の木立の中に、たった一人でいる。巳之助たちがうまく吉五郎と話をつけ、木立に向かう前にお津勢の動きを止められればいいが、そうできなかった場合を考えてのことだ。今夜で丑の刻参りは七日目である。呪いが成就してしまうので、さすがに藁人形を打たせるわけにはいかない。

夜中にそんな場所に一人でいて、太一郎は怖くないのだろうか、などと心配するのは大きな間違いである。呪いの藁人形のお蔭でそこは猫が寄りつかなくなっている。つまり太一郎にとっては、むしろ心の安らぐ場所なのだ。だから大喜びで向かっていった。

「それにしても吉五郎のやつ、後ろにいる俺たちにまったく気づかないな。よっぽど女の許へ行くのが嬉しいのか……」

体が大きいし、一度見たら忘れないくらい怖い顔付きをしているので、巳之助は人のあとをつけるのが苦手である。すぐに気づかれてしまう。しかし吉五郎にはその気配がまったくなかった。浅草六軒町の修業先を出てからだいぶ歩いているが、一度も振り返っていないのだ。

「いや、そのわりには足取りが重そうだよ。あれは何か心配事があって周りが目に入っていない、という感じだ。新しい女とうまくいってないのかねえ」

「それならお津勢さんと、よりを戻しても……いや、それがいいことなのか俺には分からねえな。ところで、ここはどの辺りだい」

「私が住んでいる下谷通新町だよ。つまり、江戸の端っこだ。向かっているのはさらにその外れの方だね。このまま行くと千住《せんじゅ》大橋に出る」

「ふうん。道理で町並みが寂しくなってきたわけだ。しかしどこまで行くんだろう。新しい女がいるという一軒家に向かっているのだと思って大人しくついてきたが、もしかして違うのかな。それなら、もういっそのこと吉五郎のやつに声を掛けちまうか」

「いや、待ちなよ巳之さん……立ち止まったよ」

彦兵衛の言うように、一軒の家の前で吉五郎は足を止めていた。他の家から少し離れて建っている、小さな平屋だった。

「ううっ」

急に彦兵衛が妙な声を出した。

「なんだよ、どうしたいきなり」

「いや、あの家……私の持ち家なんだよ。知り合いの、そのまた知り合いが寮にしたいとかいうので貸しているんだけどさ」

「女を囲うために借りたのかな」

寮というのは別荘のことだが、妾宅《しょうたく》として使われることも多いのだ。

「つまり吉五郎は、その人の妾《めかけ》さんに手を出したってことかい」

「どうかな。自分の持ち家だから言うけど、妾を置くにしては、あまりにもみすぼらしくないか。借り主はさ、金貸しをしている男なんだよ。結構な金を貯め込んでいると思うから、女を囲うならもっといい所にするだろう」

「そんなものかな……あっ、入っていくぜ」

吉五郎の姿が戸口の中へと消えた。

巳之助と彦兵衛は、足音を立てないようにしながら素早くその家に近づいた。閉められた戸の外側から中の様子を窺う。彦兵衛が言うようにみすぼらしくて狭い家なので、中にいる者の声が外まで漏れてきた。

「おっ、吉五郎さんじゃねえか。逃げずに来たみたいだな」

吉五郎とは別の男の声が聞こえた。この家を借りている金貸しかと思ったが、それにしては声が若い。何者だろうと巳之助が首を傾げていると、横で彦兵衛が説明した。

「当の金貸しはほとんどあの家は使わず、代わりに若い男が出入りしていたな。金貸しが使っている者だという話だったし、店賃は間違いなく支払われていたから気にしなかったけどね。あれはその若い男の声だと思うよ」

「ふうん……」

あまり人のことは言えないが、柄の悪そうな口調の男だな、と巳之助は思った。金貸しに使われているのだから、そんなものなのかもしれないが。

「それで、約束の銭はちゃんと持ってきたんだろうなあ、吉五郎さんよお」

男の声が続く。どうやら吉五郎は、金貸しに銭を借りていたみたいだな、と巳之助は思った。

「お前さんは俺の女に手を出したんだ。それなりの落とし前はつけてもらわないとなあ」

いや、違うようだ。銭を借りたのではなく、女絡みで揉《も》めているらしい。この若い男の女房か何かと関わりを持ってしまったのか。

「そ、そうじゃないんだ。お、俺は、酔っ払って気分が悪くなっちまっただけなんだよ。そうしたら、この女の人が介抱してくれて……」

「だからって、のこのこと家にまでついてくることはねえだろう。しかも俺が踏み込んだ時、二人はかなりいい感じになっていたぜ。あれはどういうことだい」

「そ、それは……向こうから誘ってきたから……」

「あら嫌だ、覚えていないんですか。誘ってきたのはお前さんの方からじゃありませんか」

女の声も加わった。こちらもまだ若そうだ。

「手をあたしの着物の中に入れてきて……」

「ち、違う。あんたが俺の手を取って、無理やり入れさせたんじゃないか」

「どっちでもいいよ。てめえが俺の女に手を出したことに変わりはない。どうしてくれるんだよ、え？」

話が見えてきた。吉五郎はとても分かりやすく「美人局《つつもたせ》」に引っかかったようだ。それで柄の悪い男から銭を要求されている。お津勢に別れ話を切り出したのは、迷惑を掛けないようにするためだろう。

「す、すまなかった。銭なら親方から給金を前借りしたり、兄弟子に頭を下げたりして何とか作ってきたから。これで、どうか……」

「おいおい、それっぽっちかい。うちのお浜《はま》さんは、そんな安い女じゃねえぞ」

「まったくだよ」

女の名はお浜というらしい。その名が出た時、巳之助の横にいる彦兵衛が小さく「うっ」と声を漏らしたのが聞こえた。

「どうかしたのかい」

「いや……どこかで聞いたことのある声だと思っていたんだが、うちの長屋の店子だよ、あのお浜ちゃんは。荒物屋の娘でさ、もう二十歳になるんだが、どこにも嫁がずにふらふらしていて……」

「ふうん。あの男と夫婦ってわけじゃないのか。それなら何とかなるかな。しかし彦兵衛さん、こう言っちゃ何だが……碌《ろく》な店子がいねえなあ、あんたんとこ」

「うう、面目ねえ……」

彦兵衛はそう言って首をすくめた。

無駄に強面なだけで、店子に甘い家主だな、まったく……と思っていると、家の中から吉五郎の懇願するような声が聞こえてきた。

「た、頼む。その銭で何とか収めてくれ、勝次さん」

今度は巳之助が小さく「うっ」と唸った。聞いたことのある名が出てきたからだ。

「……なあ彦兵衛さん。もしかしてこの一軒家を借りた金貸しってのは、石蔵《いしぞう》ってやつじゃないか」

「あ、ああ。その通りだが、知っているのかい」

「昨日、銀杏屋でおきみちゃんって娘と会っただろう。その死んだ親父さんが借金をしていた相手が石蔵だ。で、借金の形におきみちゃんを女郎屋に売り飛ばそうとして、石蔵が連れてきた女衒が勝次だよ」

「そう言えば、その名は昨日も出てきたな」

「勝次のやつ、美人局みたいなこともしているのか。忙しい野郎だ」

そうと分かれば遠慮はいらない。巳之助は一軒家の戸を勢いよく開けた。

「くぉら、勝次ぃ」

「で、出たあ」

一度会っただけだが、勝次は巳之助のことを覚えていたようだ。手をついて頭を下げる吉五郎の前で仁王立ちしていたが、突然入ってきた巳之助の顔を見た途端にそう叫んで、一気に壁際まで後ずさった。

お浜という女もかなり驚いたと見えて腰が砕けたようになっている。さらに吉五郎も口を開け、大きく目を見開いて動かなくなった。

「おう、なんだこの家、狭《せめ》えな。ひと部屋しかないのか。まあ、追いかけ回さずに済むからいいや。それより女衒の勝次、てめえは女を食い物にするだけじゃなくて、美人局なんかして男からも金を巻き上げているのか。まったく碌でもねえ」

巳之助は家に上がると大股《おおまた》でずんずんと歩き、一気に勝次の前へ迫った。

勝次の手がすっと自らの 懐《ふところ》 の中に潜りこんだ。刃物を取り出す気だろう。しかしこの男が懐に匕首《あいくち》を呑《の》んでいるのは前に会った時に分かっているので、巳之助はすぐにその手を押さえつけた。

空いているもう片方の手を握り締め、勝次の顎《あご》を殴りつける。大して力は入れていないが、それでも勝次は「うぐっ」と声を漏らし、その場に座り込んだ。

「ちょ、ちょっとあんた、何者だよ。いきなり入ってきて……」

「ええと、お浜さんだったか。あんたの相手はあっちだ」

巳之助は戸口の方を指差した。

「は？　あ……お、大家さん」

お浜が目を丸くした。

「あのねえ、お浜ちゃん。こんなことをされると困るんだよ」

彦兵衛が首を振りながら家に上ってきた。

「大家と言えば親も同然ってね。店子が何かしでかしたら、こちらもその責を負う羽目になっちまう。これでは、うちの長屋から出ていってもらわねばならないかな」

「ま、待ってください、大家さん。それだとうちのお父《とっ》つぁんやおっ母《か》さんが困ってしまって……」

「ふうむ。親のことを考えるだけの心は残っているか。だけどね、美人局の片棒を担《かつ》いでいるようでは……」

「違うんですよ、大家さん。あたしは嫌だって言ったんです。それなのに、この男が無理やり……」

「ふ、ふざけるなっ」

勝次が叫んだ。巳之助に殴られたせいで頭がくらくらするのか、声に力はない。それでも勝次は立ち上がると、おぼつかない足取りでお浜の方へ向かおうとした。

「おいおい、てめえの相手はこの俺だ」

巳之助は手を伸ばし、勝次の衿首《えりくび》を後ろから摑《つか》んで引っ張った。これまた大して力は入れていないが、それでも勝次は軽く引き戻されて、そのまま壁にぶつかった。そしてずるずると背中を擦《こす》りながらぺたりと尻餅《しりもち》をついた。

「……あのねえ、お浜ちゃん。その男は女衒だよ。こんなやつと付き合っていると、いずれどこかへ売り飛ばされるよ。しかもお浜ちゃんは、もう二十歳だ。そうなると端金《はしたがね》で男の相手をするような、酷い店に行かされるだろうね」

「は……はあ」

「それからね、お浜ちゃん。こんなことをしていると恨みを買って、悪くすると呪われてしまう。そういうのを軽く考えない方がいいね。このところ、体の具合があまりよくないんじゃないかい。例えば夜中に、急にどこかが痛んで目が覚めるとか」

「あ……」

お浜は自分の胸の辺りに手をやった。心当たりがあるらしい。

「もう遅いから、今夜のところは帰りなさい。だけどね、明日の朝、一番でお前さんの家に行かせてもらうよ。分かったね、お浜ちゃん」

「は、はい。それでは、大家さん、おやすみなさい」

お浜は彦兵衛に頭を下げると、そそくさと戸口から外へ出ていった。その後ろ姿を見送った後、巳之助は「まったく店子に甘い大家だ」と軽く彦兵衛を睨んだ。だが、そちらへの口出しはしなくていいだろう。それより自分はこっちだ、と巳之助は勝次へと目を戻した。

「おい、こら、勝次。てめえ、自分のしたことが分かっているんだろうな」

壁に背をつけて座り込んでいる勝次を見下ろしながら凄む。すると勝次はふてくされたような顔で懐に手を入れた。

「てめえ、この期に及んで、まだ刃物でなんとかするつもりなのか」

「違うよ、こっちだ」

懐から取り出したのは小さな巾着袋《きんちゃくぶくろ》だった。

「そいつから巻き上げた銭だ。返せばいいんだろ」

「……勝次……分かってねえな」

巳之助は片膝をつくと勝次の胸倉をぐっと摑んだ。

「美人局の件もあるが、それよりも駄目なことがある。てめえ、少し前に道でおきみちゃんと会ったそうじゃねえか」

「はあ？」

何のことを言っているのか分からないらしく、勝次はぽかんとした顔になった。しかしばらくすると思い当たったらしく、「ああ、あれか」と頷いた。

「あんたと初めて会った時の、あの娘のことか。確かに会ったよ。だけどあれは、たまたま道で顔を合わせただけだ。俺は何も言わずに立ち去ったぜ。もう銭にならない小娘だから、興味なんかねえし」

「だからなんだってんだ。こっちはな、そもそもお前が、おきみちゃんと同じ空の下にいることが気に食わねえんだよ。どうにかしろ」

「そんなの無理に決まってるだろう」

「この俺に世の中の道理が通じると思うなよ。その無理を通せと言ってるんだよ……だがまあ、俺は優しいからな。顔さえ合わせなきゃ許してやる。おきみちゃんだけじゃないぞ。猫を含めた、俺の知り合いすべてとだ。むろん、そこにいる吉五郎さんや、さっきのお浜という女にも今後一切、会うんじゃねえ。もし誰かから勝次を見たという話を聞いたら、その時は俺がこの手で、てめえをころ……」

巳之助はそこで言葉を止めると、勝次の胸倉を摑んだまま立ち上がった。そして、そのままずるずると勝次を戸口まで引きずると、表へと放り出した。

「その銭は手切れ金だ。二度とその面ぁ見せるんじゃねえぞ」

吉五郎が掻き集めてきた銭だが、まあいいだろう。今回の件は吉五郎だって悪いのだ。

巳之助は戸をぴしゃりと閉めた。勝次が立ち去っていく足音がすぐに聞こえてきた。

「……いやあ、さすが巳之さんは私と違って甘くはないねえ。知り合いがあの男をちょっと見かけただけで殺すっていうのか。怖い怖い」

彦兵衛が感心したように首を振った。

「はあ？　そんな物騒なことはしないよ。俺はただ、『てめえをころころ転がしてやる』って言おうとしただけだ。見物人がたくさんいる所でね。楽しそうだろ」

「いや、やっぱり怖いよ」

「せっかく手切れ金まで出してやったんだ。あいつも怖がって、このまま江戸から出ていってくれればいいんだが。まあ、勝次についてはしばらく様子を見るとして……」

巳之助は、呆気に取られたような顔で座り込んでいる吉五郎へ目を向けた。

「すまねえが、そんなわけでお前さんの銭はあの男に渡しちまった。悪かったな」

「い、いえ……か、構いません」

吉五郎は我に返ったように慌てて居住まいを正すと、床に手をつき、巳之助に向かって深々と頭を下げた。

「ありがとうございます。あのままだともっと銭を取られるところでした。そこを助けていただいて……」

「おいおい、お前さんが頭を下げなきゃならない人は他にいるだろうが」

「は？」

「お津勢さんだよ。正直に事情を話して土下座しろ。そして許しを乞え。今からすぐに行くぞ。うかうかしてると藁人形を持ってお出かけしちまうからな」

もちろんそれで吉五郎とお津勢が元の鞘《さや》に収まるかどうかは分からない。成り行きに任せるだけだ。ここから先はどうなろうと自分の知ったことではない。

だが少なくともお浜に対する恨みの念みたいなものは薄まるだろう。大事なのはこちらだ。自分としては、猫の元気そうな姿を見られればそれでいいのだ。

巳之助はそう思いながら、今度は彦兵衛に向かって頭を下げている吉五郎の姿を見守った。

四

「いつ来ても変わらないなあ、ここは。汚くて、危なくて……」

正面にある古道具屋を眺めながら巳之助は呟いた。もちろん皆塵堂のことだ。

まず、桶《おけ》や籠《かご》、笊《ざる》、鍋釜などが店の戸口から奥の方まで山積みで連なっている。これが今にも崩れそうで怖い。

また、壁際には簞笥《たんす》が並び、上に行李《こうり》などが載せられている。それはいいが、さらにその上に包丁や鉈《なた》などの刃物が置かれているのが恐ろしい。

目を下に転じると、簪《かんざし》や毛抜きなど踏みつけると怪我をしそうな物が転がっている。これも危ない。

その他にも、こんなのいったい誰が買うんだ、という品物が店土間のあちこちに積み重なっているのが、この皆塵堂という古道具屋である。

この様子は、店の前の通りの様子も含めて、いつも同じだ。

「違いがあるとすれば、円九郎がいるかどうかってことくらいかな」

巳之助はそう言いながら、今度は皆塵堂の隣にある米屋の前に置かれた大八車の脇で、米俵の下敷きになっている円九郎へと目を移した。

この男は安積屋を勘当されてからしばらくの間、この米屋で働いていたが、その後に千石屋《せんごくや》という料理屋に移った。しかしそこには少しの間いただけで、またこの地に戻っている。

「……ああ、そうだ、円九郎。一昨日、銀杏屋でおきみちゃんに会ったぜ。お前がここに戻ったから、太一郎にも迷惑がかかることもあるだろう、と菓子かなんかを持ってきたみたいだ。律義だよな、お前の親父さん」

「はあ、左様でございますか」

円九郎は体の上の米俵を、どっこらしょ、と脇にどかすと、尻や背中についた土埃をはたきながら立ち上がった。勘当されたばかりの頃は力がなくて、本当に米俵に押し潰《つぶ》されていたが、今は違う。その気になれば一人で持ち上げられるだけの力はついている。ただ仕事を怠《なま》けたくて、米俵の下で寝ていただけなのだ。そういう男である。

「こちらには、お父つぁんが手代を引き連れて挨拶にやってきましたよ。私は初め、いよいよ勘当が解けるんだなと大喜びしました。ところがよく見ると、手代たちが行李をいくつか持っていましてね。何だろうと思ったら、安積屋に置いてあった私の着物や身の回りの品々を入れてきた物なんですよ。つまり、勘当はまだ長く続くってことです。邪魔だからこっちに持ってきたんですよ。もうね、私はよよと泣き崩れました」

「ふうん。ざまあみろ、としか言えないな」

「しかもですよ。その荷物、ここでも邪魔にされましてね。どこに置くかで揉めた挙げ句、皆塵堂の裏の蔵に押し込まれてしまったんですよ」

その蔵は主に、幽霊が取り憑いていて売り物にならない古道具を仕舞っておくのに使われている。円九郎の着物や身の回りの品々は、それと同じ扱いのようだ。

「邪魔なんだから仕方あるまい。それより円九郎、こんな所で愚痴《ぐち》を言ってないで、そろそろ仕事に戻ったらどうだ。俺に尻を蹴とばされないうちにさ」

「はあ、そうします」

円九郎は米俵を抱え上げた。よたよたとした足取りで米屋の方へ向かう。しかしすぐには中に入らず、戸口の前で立ち止まってひと息ついた。

後ろから蹴って中に押し込んでやるか、などと巳之助が考えていると、ふいに円九郎が「ああ、そうだ」と言ってこちらに顔を向けた。

「巳之助さん。さっき峰吉《みねきち》の妹が皆塵堂に来てましたよ。綺麗な女中さんと一緒に」

「なにぃ。てめえ、それを早く言えっ」

巳之助は叫ぶように言うと、勢いよく皆塵堂に駆け込んだ。

峰吉、というのは皆塵堂で働いている小僧である。年は十五。店番をしながらよく古道具の修繕《しゆうぜん》をしている。手先がもの凄く器用なのだ。

また客あしらいもうまく、とても愛想がいい。ただし、それはあくまでも商売に関わる相手に対してだけで、それ以外の者にはいたって無愛想な、裏表の激しい小僧だ。

その峰吉の二つ年下の妹のお縫《ぬい》は、大和屋《やまとや》という札差《ふださし》の養女になっている。そこはかなりの大店なので、お縫が外を歩く時は必ず女中が付き従っている。

そしてこのお志乃《しの》という名の女中が、目を瞠《みは》るほど綺麗な娘なのである。年は十八。巳之助の憧れの人と言っていい。

——お志乃さんが来ているのなら、ぜひともご挨拶しなければ。

巳之助は下に転がっている古道具を蹴散らして、一気に店土間の奥にある板の間へと駆け寄った。元々そこは帳場として使われていた場所だが、今は峰吉が壊れた古道具を直すための作業場になっている。

「巳之助さん、いらっしゃい」

古そうな団扇《うちわ》の修繕をしていた峰吉が口を開いた。目は手元へと向けたままである。この小僧は耳が異様に良いので、表で巳之助たちが喋っている声が聞こえていたようだ。

「お縫たちならとうに帰ったよ。今から半時以上前に」

「なんだよ、お志乃さんはもういないのか。円九郎の野郎、それならそうとはっきり言えばいいのに。中途半端に喜ばせやがって……やはり後で蹴とばしておこう」

巳之助は舌打ちをすると、持ってきた風呂敷包みを作業場に置いた。

「あれ、いつもは手ぶらで来るのに、今日は何か持ってきたんだ」

峰吉が横目でその風呂敷包みを見た。

「皆塵堂で引き取ってもらいたい物があってな」

「どうせ碌な物じゃないんだろう。それなら銀杏屋に持っていけばいいのに」

この店で修業していた太一郎のことは、峰吉も当然よく知っている。

「いや、太一郎からこっちに持っていけって言われたんだよ。銀杏屋に置くわけにはいかないが、皆塵堂ならもしかしたら……と」

巳之助は包みを開いた。出てきたのは七体の藁人形だった。お津勢が呪いをかけるのに使った物である。

「……そんなの、うちでもいらないよ」

ふんっ、とつまらなそうに鼻を鳴らして、峰吉は手元の団扇へと目を戻した。

「どうしてだよ。前にこの店に藁人形が置いてあったのを見たことがあるぞ」

「その時は鏡や五徳といった、呪いの道具が一式そろっていたからね。藁人形だけとなると売れるかどうか」

「やっぱりそうか。一応、あるにはあったんだけどな……」

稲荷の祠に隠してあった他の道具は、お津勢が自分の家からこっそり持ち出した物だったので、また持ち帰ったのだ。

「……だけどよ、鏡とかは皆塵堂の店土間のどこかにあるんじゃないか。それを見つけ出して、組み合わせて売ればいいと思うんだが」

「面倒臭いよ」

峰吉は顔をしかめてそう吐き捨てた。

「そんなこと言うなよ。この藁人形は凄いんだぞ。こいつのせいで太一郎のやつは具合が悪くなって、今日はここに来られなくなったんだ」

「へえ、太一ちゃんの具合が……いや、それは嘘だね。藁人形の呪いごときで太一ちゃんがどうにかなるはずがない」

「ううん……どうかな」

具合が悪くなったのは本当だが、それは呪いの力が原因ではない。

吉五郎がお津勢の許を訪れ、事情を話したことで、藁人形の呪いの力は失われた。美人局に引っかかったことについてはまだ怒っているが、吉五郎がお浜と恋仲ではないと分かったので、呪い殺すほどの恨みはお津勢の心から消えたのだ。

大変結構な話である。しかし、そのために太一郎は不運に見舞われた。

藁人形のせいで稲荷の祠がある木立から逃げていた猫たちは、案外とすぐ近くに隠れていたらしい。だから呪いが消えるとすぐに戻ってきたのである。そして、念のためにその場所へ一人で行っていた太一郎に群がったのだ。

お津勢と吉五郎の話し合いが長引いたので、巳之助が様子を見に行くまで太一郎はかなり長い間、猫たちにまとわりつかれていたらしい。その後も、せっかく捕まえたのだから、とそのまま大八車に乗せて彦兵衛の家まで運んだ。その頃にはもう東の空が白んでいたので、太一郎はほとんど一晩中、猫たちに貼《は》りつかれていたことになる。それで具合が悪くなったというわけだ。

だから、藁人形のせい、というのは、決して嘘ではない。ただし呪いのためではなく、呪いが消えたのが原因である。

「……とにかくこれは皆塵堂に置いていくから、峰吉の好きにしていいぞ」

巳之助は作業場に上がると、藁人形をそこに残したまま奥の座敷に向かった。

「あれ、伊平次《いへいじ》さん、いたんですかい。お邪魔しますぜ」

襖《ふすま》の陰になっていたために作業場からは見えなかったが、皆塵堂の主の伊平次が開け放たれた障子戸の所に座ってぼんやりと煙草《たばこ》を吸っていた。

この男は釣り好きで、竿《さお》を持ってどこかへ行ってしまっていることが多いので、店にいるのは珍しい。巳之助は少し驚いた。

「おっ、ご隠居もいたんですかい。こんちは」

伊平次がいるのとは反対側の襖の陰に、木場の材木問屋、鳴海屋の隠居の清左衛門《せいざえもん》が座っていたが、こちらにはあまり驚かなかった。この老人は年中この店に顔を出しているので、姿があるのは決して珍しいことではない。下手したら伊平次よりよく見る。

「ええと、それで、肝心の鮪助は……」

巳之助は座敷の中を見回した。いつもいる床の間に姿がないので期待はしなかったが、やはりどこにもいなかった。この辺りの親分猫なので、きっと見回りに行ったのだろう。がっかりである。

「せっかく来たのになあ……」

巳之助はしばらくの間、未練がましく部屋の中をきょろきょろしていたが、やがて清左衛門の前に並べられているいくつかの箱に目を止めた。

重箱や文箱、小物を入れると思われる小振りの箱などがあったが、どれも漆塗《うるし》りに蒔絵《まきえ》が施されて綺麗だった。銀杏屋にあるならともかく、この皆塵堂には似合わない物である。

「ううっ」

順番に目を移していき、最後に小振りの箱を見た時、巳之助は唸り声を上げた。

その箱を手にしているお志乃の姿が頭に浮かんだのである。あの美しい娘が、細く綺麗な指を伸ばして小箱を開ける。中にあるのは白い貝殻の紅入れだ。お志乃は、紅《べに》差指《さしゆび》という呼ばれ方もしている薬指の先に、そっと紅を付ける。そして、その指先を唇《くちびる》へと……。

「うおおお、お志乃さあん」

「な、なんだい巳之助、いきなり大声を出して。びっくりして息が止まるかと思ったよ」

清左衛門が目を見開いて巳之助を見た。片手で自分の胸を押さえている。

「儂《わし》みたいな年寄りだと、本当にそれでお陀仏《だぶつ》ってこともあり得るのだからね。洒落《しゃれ》にならないよ」

「ああ、申しわけねえ。思わず声が出ちまった……それよりご隠居、聞いてくださいよ。その小箱を見た途端、頭の中にお志乃さんの姿が現れたんだ。今はもういなくなってしまった、あのお志乃さんの面影が浮かんだんですよ」

「……なんか、お志乃さんが死んだ人みたいに聞こえるぞ」

「やめてくださいよ、縁起でもねえ」

美人薄命という言葉もあることだし、これも洒落にならない。

「俺はね、もう帰ってしまった、という意味で言ったんですよ」

「いや、分かっているけどさ……」

「ところで、ご隠居の前に並んでいるその箱は何ですかい。皆塵堂にある物にしては妙に綺麗だけど。ただの預かり物かな。それか、とんでもない悪霊が憑いているか」

「ふむ。まあそう思うのも無理はないかな。だが、皆塵堂を介してこれから儂が買い取ろうとしている古道具であることは間違いない。それに、何か妙なものが取り憑いているということもないよ。詳しくはあっちに訊いてくれ」

清左衛門は伊平次の方へ顎《あご》をしゃくった。

「えっ、俺から説明するんですかい。面倒臭いなあ」

伊平次は顔をしかめながら煙管《きせる》を灰吹きに叩《たた》き付けた。

「巳之助、別にそんなこと知りたくはねえだろう」

「いや、ぜひ教えてくだせえ」

重箱とかはどうでもいいが、小箱には興味がある。

「仕方ねえなあ……ええと、うちは一家心中や殺しなどが起こった家からでも平気で古道具を引き取ってくるが、それだけではとうてい店をやっていくほどの品物は集まらない。もちろんここへ物を売りに来る客もいるし、買い付けのために外を歩いたりもするが、そんなのもたかが知れている。ならばどうするかと言うと、商売が立ち行かなくなって夜逃げした商家などから持ってくるんだよ。だけどさ、それだとどうしても偏るんだよな、古道具が」

伊平次は店土間の方を指差した。

「似たような物ばかりになってしまうんだ」

「ああ、なるほど。考えてみれば桶がやたらと多いな」

巳之助はそちらに目をやりながら頷いた。

「あとは笊とかかな」

「そうなんだよ。金目の物は夜逃げの前に売り払って銭に替えてしまっている。逃げた先での暮らしがあるから、どうしても必要な物は持っていく。そうなるとさ、桶とか笊みたいな物しか残らないわけだ。そんなのは一つあれば足りるし、たとえ持っていかなくても逃げた先で容易《たやす》く手に入るから」

「ふうむ……」

古道具を集めるのもなかなか大変なようだ。

「……それなら伊平次さんが言った、夜逃げ前に売り払う金目の物ってやつを買えばいいんじゃないですかい」

「おっ、さすが巳之助、いいところに気づいた。だけどね、どの古道具屋も同じことを考えているから、早い者勝ちになるんだよ。あの店はそろそろ危ない、とか、あそこの若旦那はぼんくらだからいずれ身上を潰すはずだ、とか、そんなことに詳しいのが多いんだ、古道具屋ってのは」

「へえ。太一郎はそういうのに弱そうだけどな」

「ところがあいつは、他の者には分からない妙なものが見えるからか、案外と強いんだ。それに、いい番頭さんもいるし」

「ああ、確かに」

銀杏屋の番頭の杢助《もくすけ》はそういう点に抜け目がなさそうだ。

「むしろ心配なのは皆塵堂か。伊平次さんは魚釣りばかりしているし」

峰吉は、潰れそうな店に誰よりも詳しい男にいずれはなりそうだが、今のところはまだ店番が多く、ほとんど外回りに出ていない。店土間に桶や笊が溢《あふ》れるのも当然だ。

「……そう思うだろ。ところが俺だって、やる時はやるんだぜ。まだ他の古道具屋が目をつけていない所にこっそりと出入りして金目の物を買い取り、その上、夜逃げの手伝いまでしてあげることがあるんだ。俺は優しいからな」

伊平次は煙管を口に運んで大きく息を吸い込むと、顔を上に向けて、ふうっ、と煙を吐き出した。

「俺はよく夜釣りに出かけるだろう。あれ、実は他の古道具屋に悟られないようにするためでもあるんだ。百回に一回くらいは、夜逃げの手伝いをしていると考えてくれていい」

残りの九十九回はただの釣りのようだ。

「それでね。ちょうど今、夜逃げの手伝いをしているところなんだよ。浅草山之宿町《あさくさやまのしゅくまち》にある小さな酒屋なんだが、ちょっと前に店主の父親が亡くなってね。で、その父親ってのが道楽者で、借金を抱えていた。それが倅《せがれ》である店主の身に降りかかってきたんだ。ただ、死んだ父親は遊び歩いていて、ほとんど家にはいなかった。それが幸いして、借金のことは近所などには知られていない。だから借金取りの目さえ誤魔化《ごまか》せれば、うまく夜逃げができそうなんだ。あ、ちなみになぜ俺がそれを知ったかというと、死んだ父親の数多い道楽のうちの一つが釣りだったからだ。あれも道具に凝《こ》ると金がかかるからな」

「ふうん。伊平次さんの釣り仲間か」

巳之助は自分の猫仲間のことを思い浮かべた。借金で首が回らなそうな者はいなかった。思いつく限りでは自分が一番貧乏な気がする。良かった。

「金目の物……といっても小さな酒屋だからな。さほどなかった。それでもいくつかは買い取って、少しは儲《もう》けさせてもらったよ。それに箪笥とか長持《ながもち》といった大物も、夜逃げをした後にうちで引き取ることになっている。そして巳之助が気にしている、その箱なのだが……それは酒屋のかみさんが嫁入りした時に持ってきた物なんだけどさ」

「ふうん。重箱に文箱に小物入れ……どれも漆塗りで綺麗だ。酒屋のかみさんは、わりといい所の娘さんだったんですねえ、ところがそんなことになっちまって、気の毒に」

「まあな。で、その箱もうちで買い取る約束だけは先にしていた。ただ、周りの者の目……特に借金取りの目を欺《あざむ》くために酒屋に残していたんだ。取り立て以外でも様子を見に来ることがあるからな。いきなり物が減ったら夜逃げする気じゃないかと疑われちまう。それで帳場など、店土間から見える所にわざと置いてたんだよ」

「へえ」

いろいろと考えるものだ。

「だけど伊平次さん、それが今ここにあるってことは……」

「うむ。いよいよ夜逃げの時が目の前に迫っているということだ。その酒屋の店土間にある酒樽《さかだる》も、今やほとんど空だよ。あとはもう逃げるだけ。三日後の晩がその時だ」

「……まだちょっと間があるけど」

周りの者にばれないように、もう少し後まで置いていてもいいのではないだろうか。

「借金を踏み倒すわけだから金貸しには迷惑をかけるけど、その他の者に対してはちゃんと出すものを出してから逃げたいそうなんだ。持ち家じゃないから店賃がかかってくるんだが、その支払い日が明日なんだよ。その金を作るために、今日、箱をここへ持ってきたんだ。他に酒問屋への売掛金の支払いなんてのもあるが、それは夜逃げをした後に俺から渡すことになっている」

「随分《ずいぶん》と律義な店主がいたもんだ。偉いな」

自分ならすべて踏み倒して逃げそうだ。

「そうなんだよ。儂もその店主の心意気には感心してね」

清左衛門が再び口を開いた。

「だから、儂がこの箱を買い取ることにしたんだ。伊平次はあくまでも仲介役だな。その店主にはまだ幼い娘さんがいるそうだから、逃げた先でその子が苦労しないようにもしてあげたい。それで今、どれくらいの値で買い取ろうかと悩んでいたところなんだ」

「なるほど、よく分かりました。それでですね、ご隠居。一つお願いがあるんですが……」

巳之助はそっと腕を伸ばして小物入れを手に取った。巳之助の大きな手の平の上だとかなり小さく見えるが、その分、可憐さは増した。

「……他の箱はご隠居にお任せしますが、これは俺に買い取らせてもらえませんか」

「儂はできるだけ高く買ってやりたいと思っているんだよ。多分、お前の懐からはとても出ないような値になるんじゃないかな」

「その分はご隠居が買い取る他の箱に上乗せするってことで……」

「ああ？」

清左衛門は怖い顔で巳之助を睨みつけた。

「随分と面白いことを言うじゃないか。そもそもだね、巳之助。お前はどうしてその小箱が欲しいのだね。この世で最も綺麗な箱が似合わなそうな顔をしているというのに」

「いや、その……」

巳之助は口ごもった。それを告げると清左衛門に笑われそうだ。

「正直に話せば、他の箱に上乗せ、というのを考えてやってもいいよ。もちろん納得できる話であれば、だが」

「は、はあ。それなら言いますけど……お志乃さんに贈ろうと思っているんで」

清左衛門は笑わなかった。それどころか、顔がますます険しくなった。

「お志乃さんに贈って、どうしようと考えているんだね」

「いや、別に……似合うだろうと思っただけで……」

「正直に言いなさい」

「お近づきになって、あわよくば、かみさんに貰えないかと……」

「ふむ」

清左衛門はすっと腕を伸ばして巳之助の手の平の上から小箱をつまみ上げた。それを床にある重箱や文箱の横に並べると、冷たい声で言った。

「……すまぬが、やはりこれは儂が買い取ることにするよ。お前にはやれん」

「ど、どうしてですかい」

「いいかね、巳之助。そこら辺にある小さい商家だと、女中さんもせいぜい一人か、いても二人くらいなものだろう。しかし大和屋さんのように大きな所になると、何人も使っていたりする。そうなるとね、一口に女中と言っても、差が出てくるんだよ。身分の違いと言ってもいい。一番下は辛い水仕事などをする女中だ。これは『下女』とか『はしため』なんて呼ばれ方もするが、たいていは貧しい家の娘さんがしている。その次が仲働きの女中だな。料理とか針仕事、家の者の身の回りの世話などをしている。まあ、そこそこの商家の娘さんがこれになるかな」

「お縫ちゃんは大和屋のお嬢様なのに、掃除から洗濯、料理、針仕事まで、すべてやっちまっているみたいですぜ」

「それは、あれが『峰吉の妹』だからだ」

清左衛門はその一言で斬って捨てた。巳之助もその言葉で納得した。

「それでいて手習《てならい》や稽古事《けいこごと》もきっちりとこなしているからね。大和屋の旦那さんもお縫ちゃんの好きにさせているようだ。ええと、話を戻すが、お志乃さんは仲働きよりもさらに上の女中さんだと思うんだよ。詳しくは聞いていないが、どこかの大店の娘さんか、あるいは大和屋の親戚の娘さんなのではないかな。それが、行儀作法を身につけるために女中奉公をしている」

「ああ、なんかそんな感じですねえ」

「だからね、お近づきになっても無駄なんだよ。棒手振りの魚屋のお前とではまったく釣り合わない。太一郎でようやく何とか、といったところかな。まあ、お志乃さんのことは諦めるんだね」

「むむっ」

清左衛門の考えはよく分かる。きっとそれが正しいのだろう。だがそれでも……。

「男と女の仲ってのは、どうなるか分かりませんよ。ついうっかり間違って、なんてことがあるかもしれない。何しろ俺には下駄神様……じゃなかった、お稲荷さんがついているんだから」

「またわけの分からないことを……」

清左衛門は、はあ、と深くため息をついた。

「とにかく儂は反対だよ」

「ご隠居はそう言うけど、まだその箱を買い取ったわけじゃないんですよね。だったら大事なのは伊平次さんの考えだ」

巳之助は座敷の隅へ顔を向けた。呑気《のんき》な顔で煙草を吸っていた伊平次は、激しく咳《せ》き込んだ。

「……えっ、お、俺？」

「今のところはまだ、仲介役の伊平次さんの手に箱はあるってことですよね。それなら俺とご隠居のどちらに小箱を売るか、決めるのは伊平次さんだ」

「ええ……」

さすがの伊平次も困った顔をした。

「……俺としては、面白そうだから巳之助に売ってもいいんだが……」

清左衛門が、ゴホン、とわざとらしく咳ばらいをした。

「……律義に店賃や売掛金を支払ってから夜逃げをしようとする酒屋の店主のために、なるべく高く買ってやるべきだとも思うし……」

巳之助も負けじと、大きな音を立てて咳ばらいをした。だが慣れないことをしたので咽《むせ》てしまった。

「ゴホンッ、ゲホッ、ゴホッ……ウゲッ。ああ、吐《は》きそうになっちまった」

「おい、やめてくれよ、うちの座敷で」

「伊平次さん、こうなったら俺も意地だ。ご隠居がどれほどの値で買おうと考えているか分からないけど、俺も精一杯の銭を出しますよ」

「お前はどう見ても宵越《よいご》しの銭は持たない貧乏な江戸っ子だ。さすがにご隠居の向こうを張るのは無理じゃないか」

「甘いよ、伊平次さん」

巳之助はふふん、と鼻で笑った。

「嵐などで船が出せず、魚が取れない日もあるからね。これでも多少の貯えはあるんですよ。それでも足りない分は借金をしてでも……」

「お前まで夜逃げする羽目になるから、それはやめとけよ。まあ、ちょっと待ってくれ。今、もっと面白くなりそ……いや、うまく収まりそうな手を考えるから」

伊平次は灰吹きに煙管の灰を落とすと、また雁首《がんくび》に煙草の葉を詰め始めた。

「……ええと、酒屋の店賃の支払いは明日だから、どうしたって小箱はいったん鳴海屋のご隠居が買うということになるな」

火入れに雁首を近づけて火を点《つ》け、伊平次はすうっ、と煙草を吸い込んだ。

「……巳之助に借金をさせるわけにはいかない。しかし貯えている銭では足りないし、これもなるべくなら使わない方がいい。それに巳之助はご隠居から小箱を受け取ることになるが、これが難しいんだよな。ご隠居が納得して渡すような形に持っていかねばならない」

口から煙を吐き出しながら伊平次はぶつぶつ呟いている。

「それには巳之助の、お志乃さんへの思いの強さを示せばいいかな。つまり小箱を手に入れるために、相当な苦労をすればいいってことだ」

伊平次の呟きを聞いて、巳之助は顔をゆがめた。どうも碌でもないことを言い出しそうな気がする。

「そういえば、さっきうちに藁人形を持ってきたな。ふうむ、藁か……」

伊平次はそこからしばらくの間、黙って煙草を吹かしていたが、やがて巳之助の方を向いて再び話し始めた。

「なあ、巳之助……藁人形から始めてさ、それより良い物と取り替えてくれる人を順々に探していき、最後にあの小箱にまでたどり着いたらどうだろう。それならお前は一文も使わずに済む」

「はあ？」

「なんかさ、そんな昔話を耳にしたことがあるんだよ。藁から始めて最後に長者様になるっていう……」

「いや、俺も餓鬼《がき》の頃に死んだ婆さんから聞いた覚えがありますけどね。あれはただのお伽話《とぎばなし》ですぜ。世の中そんなうまくいくものではないでしょう。しかもこの場合、始まりが藁人形だし……」

初《しょ》っ端《ぱな》から躓《つまず》くのが目に見えている。誰がそんな物との物々交換に応じるというのだ。

「さすがに藁人形は厳しいから、峰吉に頼んでうちにある品物と替えてもらえばいい」

「それは助かりますけどね。でも最後が難敵だ。もの凄くうまくいって、何百両もするような物が手に入ったとしても、ご隠居が駄目だと言ったら小箱とは取り替えられない」

「もしそうなったら、その何百両もする物をお志乃さんに贈るべきだと思うが……うん、まあ確かにご隠居次第ではあるな」

伊平次は清左衛門の顔を見た。

「どうですか、ご隠居。これはなかなか難しいことだと思うんです。それを成し遂げて、その小箱と同等か、それ以上の物を巳之助が持ってきたら、取り替えてやってくれませんかね」

「ふむ」

清左衛門は眉根《まゆね》を寄せ、腕組みをした。天井をぼんやりと見上げながら、先ほどの伊平次と同じようにぶつぶつと呟き始める。

「藁人形からどんな物に替えられていくのか、知りたい気もするが……」

伊平次と同じで「面白いこと」や「変なこと」が好きな老人だから興味を持ったようである。

「だが、お志乃さんと巳之助……ううむ、まったく釣り合っていない。月とすっぽん、瓢簞《ひょうたん》に釣《つ》り鐘《がね》……いや、だからこそ心配はいらないのかな。こんな小箱を贈ったところでどうなるというものでもあるまい」

すぐ前に当の巳之助がいるのに、気にせずに酷いことを呟いている。

「だが、お志乃さんにとって迷惑なのは確かだな。余計な気苦労をかけてしまうかもしれない。お近づきになりたい、などという下心は後ろに引っ込めて、お志乃さんがあまり深く考えないような形にすれば、なんとか……」

肝心なところが弱められそうだが、一応は前向きに考えてくれているようだ。

「それと、交換の仕方も考えないとな。巳之助があの顔で迫れば、追剝だって泣きながら財布を差し出すに違いないから」

また酷いことを言い始めた。まるで昔話にたまに出てくる意地悪爺《じい》さんだ。

「それに長くやれば、いずれは良い物に替えられるだろう。いつまでに、と決めた方がいいな。ふむ、それから……」

その後も清左衛門はよく聞き取れない小さな声でぶつぶつと呟いていたが、やがて顔を巳之助へと向けた。

「伊平次が言うように、もしお前が藁人形を物々交換していって、小箱と同等かそれ以上の物を手に入れたら、お志乃さんに贈ることに同意してやろうじゃないか」

「ほ、本当ですかい」

「もちろんだ。ただし、これから儂が言うことを認めないと駄目だぞ」

「何でしょう。早く言ってください」

「うむ。まずは……お志乃さんには儂から小箱を贈ることにする」

「はあ？」

いきなり何を言い出すんだ、この爺さんは。

「その際に、『巳之助が、お志乃さんに似合いそうだ、と言っていたから』という一言を添える。これでどうかな」

「ああ、なるほど……」

かなり弱められている。しかしこれがお近づきになる初めの一歩だと考えれば、それくらいでいいのかもしれない。

「ううん……まあ、いいでしょう。認めます」

巳之助は渋々頷いた。

「それから物を交換する時は、なるべく優しい顔でお願いするように。そして相手が断ったら大人しく引き下がること。間違っても脅《おど》すような真似《まね》をしたらいかんぞ」

「そりゃあもう」

人様を脅すだなんて、これまでだってしたことがない……と思う。

「さっき伊平次が、藁人形を皆塵堂にある品物と取り替えればいい、みたいなことを言っていたな。まあさすがに藁人形は仕方ないにしても、あまりこの店を使うのは好ましくないな。よほど行き詰ったら別だが、少なくとも二度続けて皆塵堂で交換するのはやめてもらおう」

「それもいいでしょう」

皆塵堂には碌な品物を置いてないが、それでも古道具屋を使うのは確かに少し卑怯だろう。二度続けなければいい、というのは、清左衛門にしてはかなり優しい。

「あと、これは場合によるが、太一郎の手はなるべく借りないようにしなさい。幽霊の類が出てきて困っている人がいたなら別だが」

「分かりました」

巳之助は大きく頷いた。こちらとしても、太一郎に頼らねばならないような場面には遭いたくない。

「儂はちょっと用事があって、明日からしばらく皆塵堂に来られない。次に顔を出すのは四日後、つまり例の酒屋さんの夜逃げが済んだ翌日になる。交換していくのはその日までと決めよう」

「は……いや、それはいくらなんでも……」

さすがに短すぎるのではないだろうか。物々交換ですぐに良い物が手に入るのなら、みんな同じことをする。

「……もうちょっと長くなりませんか。四日後までじゃ、とても無理だ」

「いいかね、巳之助。お前は、あわよくばお志乃さんをかみさんに貰いたい、などと言っていたではないか。美しい娘に求婚しようという者は、無理難題を押し付けられるものと相場が決まっているのだよ」

なんか、別の昔話が出てきた気がする。

「それでは巳之助、次は四日後の、昼の八つ時にここで会おう。藁人形が最後に何に化けるのか、楽しみにしているよ」

清左衛門は立ち上がると、伊平次のそばへと寄っていった。

巳之助に背を向けて、ごそごそと何かやっている。懐を探っている様子なので、きっと箱の代金を出しているのだろう。

どれくらいの額なのだろうか。気になっていると、やがて清左衛門は伊平次の脇に畳《たた》んだ袱紗《ふくさ》を置いてから体の向きを変え、そのまま座敷を出ていった。

「……伊平次さん、いくらあるか訊いていいですかい」

清左衛門の姿が皆塵堂から消えるのを見送ってから、巳之助は恐る恐る訊ねた。

伊平次は袱紗を手に取ると、少しだけ開いて包まれているものを眺め、それから巳之助を見てにやりと笑った。

「うん……まあ、余裕で両は超えているよ。ご隠居、古道具なのに結構出したな。もちろんすべての箱を合わせた金だから、小箱の分がどれくらい含まれているか分からないが、巳之助、これはかなり厳しいぞ」

「うへえ……」

「多分、巳之助が妙なことを言い出したから、ご隠居は考えていた額にかなり上乗せしたんじゃないかな。これは酒屋の旦那もかなり感謝すると思うぜ。俺からも礼を言うよ。ありがとう、巳之助。お前のお蔭だ」

「へ、へえ。どういたしまして」

巳之助はがっくりと肩を落としながら答えた。

だが、項垂《うなだ》れている暇などなかった。うかうかしていると四日後なんてすぐに来てしまう。

巳之助は立ち上がると、急いで座敷を出て、作業場にいる峰吉の所へ行った。

「話は聞こえていただろう。急いで藁人形を同じくらいか、少し良い物と取り替えてくれ」

「ええ……」

頼まれた峰吉は、もの凄く嫌そうな顔をした。

「あのさ、巳之助さん。藁人形なんて、こっちはただでもいらないんだ。取り替えられる物なんてないよ」

「そこを何とか。そうじゃないと始まる前に終わっちまう」

「お志乃さんのことを思うと、それが一番だと思うけどな」

峰吉は店土間に目を向けると、ううん、と唸った。

「……まあ、桶か笊かな。ただ同然で引き取ってきた物ばかりだから、それなら後でご隠居様に文句を言われることもないだろうし」

「よし、分かった」

巳之助は店土間に下りると、山と積まれている桶や笊を眺めた。

改めて見ると、いろいろな形や大きさの物があった。どうせならなるべく大きな物の方がいいだろうと考え、巳之助は一尺半以上ありそうな笊を手に取った。

「おうい、峰吉。これと取り替えてもらうけど、構わないか」

「それは揚げ笊だね。茹《ゆ》で釜《がま》から蕎麦《そば》を上げる時に使う笊だ。うん、いいんじゃないの。潰れた蕎麦屋さんから、他の物と一緒に十把《じっぱ》一絡《ひとから》げで安く買い取ってきた物だから」

「それなら遠慮なく」

巳之助は懐から紐をするすると出した。いつでも、どこでも猫と遊べるように、常に持ち歩いているのだ。

その紐を笊の目に通す。それから笊を背負い、紐を体の前で結んだ。

これで動きやすくなった。次の物と取り替えてくれる人を探すために、いくらでも歩き回れる。

——四日後はご隠居を驚かせてやるぞ。そして、待っててくれよ……。

「お志乃さあああん」

巳之助は叫びながら、勢いよく皆塵堂を飛び出していった。

蕎麦《そば》を打つ

一

「おうい峰吉、思ったより難しいぞ、これ」

皆塵堂に足を踏み入れた巳之助は、大声でそう言いながら店土間を突き進んだ。

「昨日、あれから散々歩き回ったのに、笊《ざる》と何かを取り替えてやろうって人がまったく見つからなかったんだよ。で、仕方ないから今日もこの大きな笊を背負いながら仕事に行ったんだ」

がたがたと音を立てて、店土間に積み上げられた桶《おけ》や鍋釜などが崩れていく。巳之助はまっすぐ歩いているつもりだが、それでも多少は体が揺れるのだろう。知らず知らずのうちに背中にくくりつけている笊がぶつかっているのだ。

「だけどやっぱり駄目だった。魚を売り歩きながら長屋のかみさん連中に頼んで回ったんだけどさ。誰も取り替えてくれないんだよ」

「う、うわあああ」

店土間の端の方から叫び声が聞こえた。

峰吉のものではなかった。その小僧なら作業場に座って壊れた古道具の修繕《しゅうぜん》をしているのが見えている。今日は破れた提灯《ちょうちん》の火袋を貼《は》り直しているようだ。巳之助の様子などまったく意に介していない。

それなら誰だ、と巳之助は声がした方に目を向けた。円九郎だった。

「なんだお前、隣の米屋で働いているんじゃないのかよ」

「両方でこき使われているんですよ。米屋ですることがなくなったから、こちらに来させられたんです。で、伊平次さんに言われて店土間にある桶を綺麗《きれい》に積み直したところだったんですよ。そうしたら巳之助さんが……」

「うん？」

巳之助は後ろを振り返った。その際にも背中の笊が横にあった桶にぶつかって下に落とした。

「ああ、なんか後ろの方が賑《にぎ》やかだと思ったら、こういうことか。物を背負って皆塵堂の店土間を歩くのは難しいな。まあ、仕方がない。円九郎、直しといてくれ」

「うええ」

円九郎は、今度は嘆くような声を出した。しかし巳之助に逆らえる男ではないので、のろのろと桶を積み直し始めた。

「それでだな、峰吉……」

そこから先も店土間にある古道具にぶつかりながら進み、ようやく巳之助は作業場までたどり着いた。

「これ、もっと小さい笊に取り替えたいんだが……」

「無理だよ」

峰吉は手元を見たまま冷たく答えた。

「うちで二度続けて交換するのは駄目だって鳴海屋のご隠居様と約束したでしょ。決めたことは守らなくちゃ」

「やっぱりそうか。はああ」

巳之助はため息をつきながら作業場へ上がった。

「なんで誰も取り替えてくれないんだ……」

「欲張ってそんな大きな笊にするからだよ。巳之助さんが魚を売りに行くのは狭い裏店が多いでしょ。狭い部屋では邪魔なだけだ。大は小を兼ねるなんて言うけど、必ずしも大きけりゃいいってものではないってことだね。次からはよく考えた方がいいよ」

「うう……」

十五という年のわりには体の小さな峰吉からの、待ち合わせの際の目印になるくらい体の大きな巳之助へのありがたいお言葉である。

「……うん、まあ、その通りだな」

巳之助は素直に頷《うなず》くと、作業場を抜けて隣の部屋に足を踏み入れた。そこからだと奥の座敷の床の間がよく見える。猫の姿は今日もなかった。

「うわっ、なんて運が悪いんだ。鮪助《しびすけ》に二日続けて会えないなんて……」

嘆きながら奥の座敷に入った。開け放たれた障子戸のそばで伊平次がぼんやりと煙草《たばこ》を吸っていた。

「……それに伊平次さんが今日もいる。わけが分からねえ」

たいてい釣りに行っているので、皆塵堂を訪れても姿を見ないことの方が多い店主なのだ。二日続けて会うのは珍しい。

「どうだ巳之助、びっくりしただろう。しかも俺はこの後、働くつもりなんだぜ」

「伊平次さんがですかい。雪でも降るんじゃないかな」

季節は秋だ。こうして障子戸を開けておくと多少の肌寒さは感じるものの、さすがにまだ雪が降る時期ではない。

それでも念のため、巳之助は障子戸に近寄って外を眺《なが》めてみた。雲一つない空が広がっている。当然だが雪の気配などなかった。

「ふうむ。さては働くだなんて嘘だな」

「いや、本当だよ。いらなくなった物を売りたいから来てくれと知り合いの袋物屋《ふくろものや》の旦那に頼まれているんだ。昼前にここに顔を出してね。これから人と会う約束があるから今すぐは無理だが、八つ半頃には店に戻っているから来てくれないか、と言われたんだよ。それで、そろそろ出ようかと思っていたところなんだ」

「伊平次さんがねえ……」

たとえ知り合いからの頼みであっても、片付けは円九郎に行かせて自分は釣りに行ってしまいそうなものだ。これは天変地異の前触れではなかろうか。

「その知り合いってのは、俺の釣り仲間の一人なんだよ」

「ああ、それなら分かる」

合点がいったので巳之助はほっとした。多分、そのいらなくなった物の中に釣りの道具があるかもしれないと考えているに違いない。

「ところでさ、巳之助。そうやって背中に大きな笊をくりつけていると、亀みたいに見えるな」

「それ、仕事で行った長屋のかみさん連中からも言われたなあ。『亀のくせに魚を売るとは何事だね。お仲間じゃないのかい』っていじめられましたよ」

「はああ……鮪助が留守なら皆塵堂にいても仕方ないな。早く次の物に取り替えて、いや亀は魚を食う方だろ、などと言ってもかみさんたちには通用しなかった。

「ああ、ちょっと待ってくれよ、巳之助」

亀から人間に戻りたいから、もう行くとするか」

伊平次は灰吹きに煙管《きせる》を叩《たた》き付けると、煙草盆を部屋の隅に動かした。

「闇雲《やみくも》に歩き回っていても交換相手はなかなか見つからないだろう。それなら俺と一緒に袋物屋に来ないか。片付けたいって物がどれくらいあるか分からないから、手伝いが欲しいんだ」

「円九郎がいるじゃないですか」

巳之助は店土間へ目を向けた。円九郎はまだ巳之助が崩した桶や鍋釜をもたもたと積み直していた。

「そういう面倒な仕事こそ、あの勘当された馬鹿息子にさせるべきでしょう。生来の怠《なま》け癖《ぐせ》をどうにかしなきゃ。安積屋《あづみや》の旦那《だんな》さんもそのつもりで、菓子を持ってよろしくって挨拶《あいさつ》に来たのだと思いますぜ」

円九郎の着物や持ち物をすべて運んできたらしいから、もしかしたら「もうあんな馬鹿息子など知らん」というつもりだったのかもしれないが……。

「ううん、まあ、別に円九郎でもいいんだけどさ。いらない物を片付けたいって言っているくらいだから、もしかしたらその笊を何かと取り替えてくれるかもよ。だから一緒に、と巳之助に声をかけたんだ」

「ふうむ」

皆塵堂で引き取る前に取り替えてしまえば、二度続けては駄目、という決まりに当てはまらない。

「分かりました、手伝いましょう。それなら俺は、隣の米屋から大八車を借りてきますよ」

清左衛門が定めた物々交換の期日は三日後である。そうと決まったら早く動かないと駄目だ。

巳之助は座敷を出ると、足早に隣の部屋を通り抜けて作業場に出た。火袋を貼り直した提灯を眺めている峰吉の前も素通りし、店土間に下りる。そして、勢いよく店土間を駆け抜けて表へと出た。

「う、うわあああ」

背後で円九郎が叫ぶ声がしたが、巳之助は気にも留めなかった。

二

「……お、そういえば太一郎の様子はどうなんだい。なんか昨日、やつの具合が悪くなったとかどうとか、峰吉と話していたようだが」

大八車を引いて袋物屋に向かっている途中、川を覗《のぞ》き込んでいた伊平次が巳之助に話しかけてきた。

皆塵堂を発《た》って亀久橋《かめひさばし》を渡ると、二人は仙台堀《せんだいぼり》沿いに東へ向かった。そして福永橋《ふくながばし》まで来ると北に曲がり、横川《よこかわ》沿いを歩いて小名木川《おなぎがわ》を越えた。そのまま進んで竪川《たてかわ》に出ると再び東へ。そうしてしばらく行って横十間川《よこじゅっけんがわ》に出たらまた北へと曲がった。そんな調子でずっと流れに沿って歩いているので伊平次は機嫌がよさそうである。

片付けを手伝ってほしいという袋物屋があるのはもう少し先の、柳島町《やなぎしまちょう》らしい。

亀戸《かめいど》天神の近くにある町である。

「ああ、何の心配もいりませんよ。何匹もの猫に一晩くっつかれていただけです。それで倒れたんだが、今日会ったら元通りになっていましたよ。以前なら、そんな目に遭《あ》ったら三日ぐらいは寝込んでたんですけどね。太一郎のやつも、少しは猫に慣れてきたのかな」

巳之助は答えながら、横十間川の向こう岸にある本所亀戸町《ほんじよかめいどちよう》の家並みに目をやった。その辺りに源六爺《げんろくじい》さんという知り合いがいるので、物々交換を頼みに行ってみようかと思ったのだ。

しかしすぐに、それはやめた方がいいと思い直した。源六爺さんはもの凄《すご》く下手糞《へたくそ》な木彫りの置物を作るのが好きな人なのだ。しかもそれを押し付けてくる。そんな物と交換でもされたら、そこで手詰まりになってしまう。

「なあ、巳之助。そもそも太一郎のやつは、なんで猫に一晩くっつかれる羽目に陥《おちい》ったんだい。うちに持ってきた藁人形《わらにんぎよう》と関わりがありそうだが」

「猫がいなくなったから捜《さが》してくれって俺が猫好き仲間から頼まれましてね。手っ取り早く捕まえるために、太一郎に手伝ってもらったんですよ。藁人形はその場所にあったやつでして」

「へえ」

目指す町のそばまで来たので、伊平次が川を離れて大八車の方に近づいてきた。

「その猫好き仲間という人に頼みに行けば、そんな笊でも何かと取り替えてくれたんじゃないかな。猫が見つかって感謝しているはずだから」

「俺もそう思って行ってみたんですけどね。なんか忙しそうで……」

巳之助は今日、皆塵堂に来る前に下谷通新町に寄って彦兵衛と会っている。伊平次が言うように笊を何かと交換してもらおうと思ったのと、お津勢と吉五郎の仲、そして美人局《つつもたせ》の片棒を担いだお浜という荒物屋の娘がどうなったのか聞きたかったからだ。

お津勢たちの方は、どうやらよりが戻りそうという話だった。まったく男女の仲は分からないものである。

それからお浜の方であるが、家主である彦兵衛が両親を交えて説教をしたので、一応は反省した様子を見せているという。しかし、しばらくは大人《おとな》しくしていても、いずれまた元に戻るかもしれない。そう考えた彦兵衛は驚くべき手を打った。

なんと捕まえた猫たちを荒物屋で飼わせ、お浜に世話をさせることにしたのだ。乱れた暮らしを立て直すためには、まず早寝早起きを心がけるようにしなければならない。そして早起きをするのに一番いいのは猫を飼うことだ、というのが彦兵衛の考えだったのである。

確かに猫がいると朝っぱら早くに起こされるけど、本当にそれでいいのか……と巳之助は思ったが、家主である彦兵衛が店子のために考えたことだから、何も言わずに様子を見ることにした。

彦兵衛が子猫を飼い始めた荒物屋に入り浸《びた》って忙しそうにしていたので、巳之助は何となく笊のことを言いそびれてしまった。それで、下谷通新町では物々交換できずに、皆塵堂へと向かったのだった。

ちなみに町外れにある一軒家も覗いてみたが、勝次の姿はなかった。このまま江戸から消えてくれればいいが、と巳之助は思った。

「……今回の件では、俺の知り合いはあまり頼りにならなそうですよ。碌なのがいない。はたして伊平次さんの釣り仲間の方はどうでしょうかね」

「俺の仲間も似たような連中ばかりだが、今から行く先は、その中ではましな方だぞ。ほら、もう見えている。あそこの店だ」

伊平次が指差したので、巳之助はそちらに顔を向けた。

表通りにある一軒の袋物屋が見えた。大店とまでは言えないが、なかなか立派な店構えである。

「裏手に平屋の小さな家があるだろう。あれも袋物屋の土地に建っているんだよ。離れとして造ったらしいが、今は物置として使っているみたいだな」

「へえ」

勝次とやり合った、あの一軒家より少し大きいくらいだ。贅沢《ぜいたく》な物置である。

「袋物屋の旦那の又七《またしち》さんによると、いらなくなった物はあの物置の中にあるらしい。釣りの道具があればいいが……」

伊平次が足を速め、先に立って歩き始めた。

すぐに袋物屋の前に着いた。中を覗くと、客と思われる者が店土間にいて、帳場にいる男と話をしていた。客はこちらに背中を向けているのでよく見えないが、帳場の男は四十手前くらいの年に見える。伊平次と同じくらいだ。

「あの帳場に座っているのが又七さんですかい」

巳之助が訊《たず》ねると、伊平次は頷いた。

「お客の相手で忙しそうですよ。話に夢中だ」

「おかしいな。ここでは、たいていは番頭さんが客の相手をするんだが」

こちらに背を向けていた客の顔が少し横を向いた。

「ああ、あの人もたまに川で見る人だな。きっと又七さんと釣りの話をしているのだろう。ええと、俺は二人に挨拶してくるが、巳之助は先に裏の物置に行ってしまっていいぞ。横にある木戸を抜けると、そのまま裏まで通じているから」

伊平次はそう告げると、店の中に入っていった。

巳之助は迷ったが、物置に入るのは又七の許しを得てからの方がいいと考え、その場で伊平次を待っていた。すぐに戻ってくると思ったからだ。

だが、それは間違いだった。伊平次まで釣りの話に加わったのだ。竿《さお》を振るような仕草をしているのが見える。これは長くなりそうだ。待つのは無駄である。

巳之助は大八車を端に寄せると木戸を抜け、母屋の横を通って裏手へと回った。

物置として使われている平屋は、やはり勝次のいた家より少し大きかった。あちらは一部屋しかなかったが、ここは中に部屋が二つありそうだ。巳之助はそう思いながら、物置の戸をがたがたと開けた。

巳之助の考えは間違っていた。ここも部屋は一つだけだった。その分、土間がやけに広い。

「ううむ、なんだここは」

巳之助は戸口をくぐると、まず右側の方を見た。

目の前にかなり大きな水瓶《みずがめ》がある。その向こうには立派な竈《かまど》。そしてその脇に石臼《いしうす》が置いてある。

「台所か。母屋の方にもあるはずだが、後からこっちに大きな所を作ったのかな」

わざわざそんなことをするほど多くの奉公人を使っている店とは思えないが……と首を傾げながら、巳之助は戸を挟《はさ》んだ反対側の方に目を向けた。その横にはやはり台があり、その上に二尺ほどもあるかなり大きな擂鉢《すりばち》が載っていた。その向こうに見える壁には何段もある棚が設えられていて、器や瓶がたくさん並べられていた。

「あれ……こいつは擂鉢じゃないな。どこかで見たことがあるぞ。確か……ああ、そうだ、蕎麦屋だ。つまりこれは、木鉢《きばち》ってやつだな」

蕎麦粉をこねる時に使う鉢である。そうなると、その横にある棒は擂粉木《すりこぎ》ではなく、延し棒のようだ。

「なるほどね。蕎麦の実を粉にする石臼もあるし、分かってみると何のことはない。ここは蕎麦を打つために作った所なんだな。たまに蕎麦好きが高じて自分でも打ち始める道楽者がいるけど、この袋物屋にもそういう人がいると見える」

改めて土間を眺め回しながら巳之助が言うと、「よく分かったな」という声がした。驚いて振り返ると、板の間に老人が一人いて、にこにこしながら巳之助を見ていた。

「うおっ、何だよ爺さん、いたのかよ」

誰もいないと思って、結構な大声で独り言を喋《しゃべ》ってしまった。ちょっと恥ずかしい。これが自分の住んでいる長屋ならそこら辺に常に猫がいるから、そいつに向かって喋っていたのだと誤魔化《ごまか》せるのだが、ここではそれができない。

「そりゃいるさ。ここは儂《わし》の隠居部屋なのだから。店を倅《せがれ》に譲った後に造ったんだよ」

「へえ……」

この老人は又七の父親のようだ。

「……物置だと聞いたんだけどな」

「ふん、倅のやつがそう言ったのかい。あいつは蕎麦打ちには興味がないんだよ。まったくつまらん男だ」

いや、その又七は釣りという道楽を持っている。好きなことが違っただけで、似たような親子だと巳之助は思った。

「それより、お前さんは……ええと」

「ああ、俺は棒手振りの魚屋をやってる、巳之助ってえもんだ」

「儂は九平《くへい》という者だよ。先ほども言った通り、ここの隠居だ。ところでお前さん、魚屋なのになぜそんな立派な揚げ笊を背負っているんだね。儂でも持っていないよ、そんな大きな笊は。ここで使っている揚げ笊や溜《た》め笊は、そこら辺の家で使っているのと同じ大きさの物だ。蕎麦屋と違って、そこまでたくさん茹《ゆ》でるわけではないからな。欲しいと思ってはいたんだけどね」

「いや、なんか、いろいろあってね」

さすがに説明するのが面倒なので、巳之助はそう言って誤魔化した。

九平は羨《うらや》ましそうな目をして巳之助の背中の笊を見続けている。

もしかしてこの老人なら、厄介《やっかい》な大きさの揚げ笊を何か手頃な物と取り替えてくれるかもしれないと巳之助は思った。

「あの、ちょっとお願いがあるんだが……」

「うむ、いいだろう。お前さんにここで蕎麦を打たせてやるよ」

「は？　いや……」

巳之助は慌てた。自分は蕎麦など打ったことはないし、打ちたくもない。蕎麦好き爺さんなんかに付き合っていられるだけの暇もない。

「そうじゃなくて、お願いっていうのは……」

「今朝、石臼で挽《ひ》いたばかりの蕎麦粉がある。それに鰹節《かつおぶし》も削ってあるよ。蕎麦を打つのにいる物はすべてそろっている。あとはお前さんの力だけだな。心配はいらないよ。こちらが教える通りに作ればいい。儂の見立てでは、お前さんはいい蕎麦を打つはずだ」

「いや、だから……」

「よし、始めようか」

九平はそう言うと、大きく一つ手を叩いた。

三

巳之助は、「水回し」をやらされている。

これは蕎麦打ちで最初に行なう、木鉢での作業である。蕎麦粉とつなぎに水を加え、混ぜ合わせていくのだ。粉に水をなじませるのである。

「そうじゃない、指を立てるんだっ」

巳之助のすぐ右横で九平が怒鳴《どな》っている。

蕎麦打ちを始める前は、人の話を聞かないところがあったにせよ、それでもにこにこしながら喋る優しそうな爺さんだった。

ところが、いざ蕎麦打ちが始まると人が変わったように厳しくなったのである。

「素早くかき混ぜるんだ。だけど決して力を入れてはいけない。ああ、木鉢に粉を押し付けるんじゃないよ。指先を使えっ」

今度は左横から怒鳴られた。はっきり言ってうるさい。だが、それでも巳之助は逆らわずに黙々と作業を続けていた。

「また力が入っているな。さっきから言ってるだろう。水回しで大事なのは素早さと優しさだよっ」

背後から九平の声が飛ぶ。

いや爺さん、あんたの優しさはどこへ行ったんだ……と巳之助は言いたかったが、やはり黙っていた。

蕎麦打ちを始めてすぐに気づいたのだ。この爺さんは生きている者ではないと。

木鉢に向かって作業をしている巳之助の四方八方に九平の顔が現れるのだ。右から、左から、そして時には上から覗き込むのである。

木鉢が置かれている台は、戸口側の壁に付けられている。だから九平が初めにいた板の間は巳之助の背後にある。

作業を始めた時、九平はまだその板の間にいた。それから動いた気配はまったくない。恐らく今も板の間に立っていると思う。

にもかかわらず顔があちこちに現れる。これはどういうことだろうか。

頭部だけが外れて、動いているのか。それとも首が伸びているのか。怖いので振り向けずにいる。

「よし、ここからは揉んでいくよ。指先で粉を掬《すく》って、両手で揉み上げるんだ。ああ、そうじゃないっ」

九平の顔が肩口から覗き込んでいる。

「次は粉を均《なら》して、もう一度水を加えるんだ。ああ、回すようにかけるんだよ。一ヵ所に固めてどうするんだっ」

今度は顔が巳之助の脇腹の辺りにあった。見上げるようにして怒鳴っている。

「小さな粒々ができてきたな。ああ、違う。まとめるようにかき混ぜるんだっ」

「じじい、黙ってろっ」

とうとう我慢し切れなくなって、巳之助は後ろを振り返った。

九平は背後にある板の間の真ん中辺りに立っていて、腕組みをして巳之助を見据えていた。二人の間は、一間以上離れていた。

「おい、爺さん、あんたどうやって……」

「水回しは素早さが大事だと言ってるだろう。早く掻き混ぜるんだ。粒々がどんどん大きな塊《かたまり》になっていくぞ。それを集めたら次は『くくり』だ」

ちっ、と舌打ちをしてから、巳之助は再び木鉢に向き直った。

「よし、くくりに入るよ。蕎麦粉を玉に、つまり一つの塊に練り上げるんだ。ここからは力を込めろ。腕だけでなく体を使うんだ」

力を使う作業は得意だ。巳之助は九平に言われるままに力を込めて蕎麦粉を練った。

「練り上げたら丸くするんだ。そうしたら先を少し尖《とが》らせて、潰して……ああ、下手だなあ。まあいいだろう。これで木鉢の作業は終わりだ」

この声は、巳之助のそばから聞こえた。目だけを動かして上を見ると、自分の頭に乗っているのかと思うぐらいすぐそこに九平の顔があった。

「ようし、次は『延し』だ。まずは延し台に打ち粉を振って……」

「おい、爺さん。蕎麦打ちはあとどれくらいかかるんだ」

巳之助は上目遣《うわめづか》いで九平を見ながら訊ねた。

「まだ始まったばかりだよ。これから蕎麦の生地を延し棒で平らに伸ばしていくんだ。その後はそれを折りたたんでいく。そうしたらやっと包丁の出番だ。蕎麦を同じ太さでそろえるようにして切っていく。まあ、これは魚屋のお前さんの得意な作業だろうな」

「そんなにあるのか」

つまりまだ九平に怒鳴られ続けるということだ。巳之助はうんざりした。

「おい、魚屋。何を言っているんだ。お前は生で蕎麦を食らうのか。違うだろう。当然、茹でなければならない。お前が持ってきた揚げ笊、ようやくそこで出番が来る」

「さすがにそれで終わりだろうな」

「お前は蕎麦を何もつけずに食べるのか。違うだろう。つゆも作らなければならない。これは『返し』と『だし』を混ぜ合わせたものだ。幸い、返しはもう作ってある。だからだしを取るだけでいい」

「今度こそ終わりだよな」

「いや、薬味があった方がいいから……」

「おい、じじい……」

九平が幽霊であることは分かっている。もう生きてはいない。しかしそれでも巳之助は、どうにかしてこの爺さんの息の根を止められないものか、と本気で思った。

四

巳之助が板の間に座り込んで蕎麦を手繰《たぐ》っていると、がたがたと戸が開いて伊平次が家の中に入ってきた。

「ああ、すまなかったな。釣り談議が長引いちまった。なぜか使いやすい魚籠《びく》の話になったんだよ。どれも似たように見えるかもしれないが、それぞれに好みがあってね。ずっと喋っていた。いやあ、同じ道楽を持つ者が集まっちまうと駄目だね。話が尽きなくて」

「はあ、それはよかった」

巳之助は返事をすると、ずずずっ、と音を立てて蕎麦を啜《すす》り込んだ。不味《まず》い。

「さて、仕事の話だが、又七さんは、ここにある蕎麦打ちの道具を手放したいのだそうだ。石臼、木鉢、延し棒……とにかく蕎麦に関わる物はすべて持っていってほしいと言われたよ」

伊平次は土間を見回しながら言った。巳之助が蕎麦を食っているのをまったく気にしていない。元より物事に動じない男だが、少しくらいは触れてほしいものだ。

「あれ、お前さん、いつの間に蕎麦を作ったんだい」

伊平次の後ろから入ってきた又七が目を丸くした。こういう顔になるのが当然だろう。巳之助は少しほっとした。

「ここのご隠居さんに無理やり作らされたんですよ」

「……まさかお前さん、遭ったのかい。うちの親父に」

「そうみたいですぜ」

巳之助は顔をしかめながら頷いた。

「遭ってしまいました。こんなことを又七さんの前で言っていいのか分かりませんが、本当に碌でもない爺さんでしたよ。俺が蕎麦を打っている間、ああでもない、こうでもない、とずっと文句を言っているんだから。蕎麦好き、釣り好き、猫好き……たとえ周りからどう見られようと、打ち込めるものがあるのはいいことだ、と俺は思っていたんですけどね。ああはなりたくねえなあ……」

巳之助はしみじみと言ってから、また蕎麦を啜った。自分の手で初めて打った蕎麦だから当然だが、泣きたくなるほど不味い。

「どうやら本当に遭ったみたいだな。それは……すまなかった」

又七はそう言うと、巳之助に向かって頭を下げた。

「ああいう人なんだよ。蕎麦以外のことでは優しい親父だったんだけどさ」

「その口ぶりだと、又七さんも同じ目に遭ったことがあるみたいですねえ」

「もちろんだ。何十回もね」

「うわ……」

それは酷い。巳之助は心から同情した。それなら蕎麦に関わる物をすべて手放したいと思うのも無理はあるまい。

「それにしても驚いたよ。俺以外の者の前に親父が出たのは初めてだ。ここは道具がそろっているから、たまに親父の蕎麦好き仲間だった人が顔を見せることがあるんだよ。むろん、蕎麦を打ちに来るんだ。だけど、そういう人たちの前に現れたことはなかった。それなのに、どうしてお前さんの前には出たんだろう」

「ううむ……」

巳之助は首を傾げた。

蕎麦を打っている最中には、揚げ笊なんかを持っていたから、蕎麦好きの幽霊が出てきたのかもしれないな、と思っていた。

しかし違ったようだ。それなら蕎麦好き仲間たちの前にも出そうだからである。

「……ついうっかり、じゃないですかねえ」

自分の場合、それが一番あり得そうだ。

「うっかりねえ……そうなのかなあ」

今度は又七が首を傾げた。自分の父親のことだからか、本当のことが知りたい様子だ。

しかし自分には他に何も思い浮かばない。ならば伊平次に訊《き》いてみようか、と巳之助は考えた。

「ええと……」

店土間へ目を向ける。伊平次は棚に並べられている瓶を覗き込んでいた。

「……伊平次さん。実は俺、又七さんの親父さんの幽霊に遭ったんですけどね」

「ああ、二人の話が聞こえていたから、分かってるよ」

「なんで俺の前に出たんでしょうかねえ」

「ううむ……」

伊平次は棚を離れ、今度は石臼へと近づいた。

「それに答える前に訊きたいことがある。巳之助は、俺たちが釣りの話をしている間に蕎麦を打っちまったようだが、まさか石臼で粉を挽くところから始めたのかい」

「いや、それは初めからありましたぜ」

「なら、『返し』はどうだ。あれって数日前に作って寝かしておく物なのだが」

「それもありましたよ」

「ふうむ。だとしたら……」

伊平次は又七の方へ顔を向けた。

「……幽霊が蕎麦打ちの支度《したく》をしていたとは思えない。やっぱりそれらは、又七さんがやったのかな」

又七は「そうだよ」と言って頷いた。

「ふむ。又七さんに続けて訊くけど、親父さんが亡くなったのはいつだっけ」

「一年と十日前だ」

又七はすぐに答えた。

「ちょうど一周忌の法要をしたばかりなんだよ」

「ふむ。それで、又七さんが親父さんの幽霊に最後に遭ったのはいつだい」

「ええと……そうだな」

これには又七はすぐに答えられず、しばらく考え込んでいた。

「確か……半年くらい前だな」

これを聞いて、思わず巳之助は「えっ」と声を漏らしてしまった。もっと最近も遭っているかと思っていたのだ。

又七は、父親の幽霊に何十回も遭ったと言っているが、その時期には随分《ずいぶん》と偏りがあるようだ。

「死んですぐの頃は、親父の幽霊は毎日のように出ていたんだよ、ところが少しずつその間が開くようになっていって、半年ほど前に出たのを最後にぱったりと出なくなったんだ。だからさ、成仏したと思ってたんだよ。それなのに、また出たというから、驚いているんだ」

「ああ、それなら、なぜ親父さんの幽霊が巳之助の前に出たのか分かったよ。蕎麦を打つのが下手だからだ」

「はあ？」

「きっとさ、誰かに蕎麦の打ち方を教えたかったんだと思うよ。たまにそういう人がいるからね。いわゆる『教えたがり』が。だけどここに足を踏み入れるのは、蕎麦打ちができる仲間ばかりだった。連中にわざわざ教えることなんかない。唯一、ここに来る者の中で蕎麦打ちが下手だったのが、又七さんだったのだろう。それで嬉々として教えていたのだが、当然少しずつ上達していくだろう。半年くらい経った頃には、もう教えることがなくなったんじゃないかな。で、親父さんは出なくなった」

「ああ……なるほど」

そこへ半年ぶりに、蕎麦打ちの下手そうな者がやってきた、というわけか。道理で親父さん、力が入っていたわけだ。

「つまり又七さんの親父さんは、まだここにいるってことだ。そこで又七さんに訊くけど、ここにある蕎麦打ちの道具をうちで引き取ってしまって本当にいいのかい。蕎麦粉を挽いたり、返しを作っておいたりと、又七さんは蕎麦を今でも作り続けている。それは、親父さんに遭いたかったからじゃないのかな。それでも、どうしても出てこないから、もういいやって感じになって、俺の所に来たんじゃないか……なんて思ったんだけどね」

巳之助は又七へ目を向けた。気まずそうな表情で頭を掻いていた。

「ううん、まあ、そんなところかな」

「だったら、俺たちはこれで帰らせてもらうよ。親父さんのために、ここはそのままにしておくべきだ。そうしておけば、又七さんもいつかまた親父さんに遭える時が来るかもしれないしね。ああ、そうだ。物は試しだから、下手糞と一緒にここに入ってみたらどうだ。親父さん、出てくるかもしれないぜ」

伊平次は巳之助の方を見ながら笑った。

悪い冗談だ、と巳之助も苦笑いを浮かべた。ところが、又七はこれを本気に受け取ってしまった。

「ああ、それはいい。ええと、あんた、巳之助さんっていうのか。ぜひここで、俺と一緒に蕎麦を打ってくれ。もう今日はさすがに親父も出てこないと思うから、明日、来てくれないか。それが駄目なら明後日でもいい」

「は？」

しかもかなり乗り気だ。困った。

「いや、あの……お、俺は今、大事な用を抱えていましてね。まったく暇がないんですよ」

巳之助は後ずさりしながら答えた。

「それなら、いつ暇になるんだい。それに合わせて返しを作っておくよ」

「いや、その……」

しくじった。幽霊になんか遭いたくないので嫌です、ときっぱり断れば良かった。

又七の父親の幽霊だからと変な気の遣《つか》い方をしてしまった。

「四日後か五日後には暇になるんだから、ちょうど良かったじゃねえか。返しってののはそれくらい寝かせればいいんだろう」

伊平次が言った。面白そうな方につく男だから、今は又七の味方のようだ。

「いや、伊平次さん、俺の方を助けてくださいって」

巳之助が手を合わせると、意外なことに伊平次は「分かった、助けてやるよ」と素直に頷いた。

「又七さん、すまないけど、この巳之助は本当に大事な用を抱えているんだ。この男の人生をかけた大勝負……は言い過ぎだけどさ。今、かなり大変なんだよ。だから……お願いがあるんだが、あの揚げ笊と何かを交換してやってくれないか」

「い、伊平次さん……」

助けるっていうのは、そっちのことか。

「うん？　ああ、本当だ。うちのではない揚げ笊があるな。巳之助さんのなのか。よく分からないけど、これを何かと取り替えたら、蕎麦を打ちに来てくれるのかい」

「その通りだ」

巳之助が口を開く前に、伊平次が素早く返事をした。

「この男は義理堅いからね。受けた恩は必ず返すはずだ」

「ううっ」

逃げ道が塞《ふさ》がれていく。いや、もちろん手に余っていた揚げ笊が何かと交換できるのならありがたいことだが。

「ふうむ、確かうちの親父が大きい笊を欲しがっていたな。喜んで取り替えさせてもらうよ。ええと、何がいいかな」

又七は周りを見回した。

「当たり前だが親父の蕎麦打ちの道具は駄目だ。すべて残しておく。そうなると板の間の方に置いてある俺の物だが……」

又七は板の間の隅へと歩いていくと、そこにあった魚籠を持ち上げた。

「さっき店で皆塵堂さんたちと話している時に魚籠の話になったんだが、その時に、いい魚籠を手に入れたと自慢したんだ。これがそれなんだけどさ」

「ちょっと待った。まさかそれを巳之助にやるのかい。あの揚げ笊の代わりに」

伊平次がびっくりしたような顔で言った。

「それは、いくらなんでも……羨ましいぞ」

「はあ……」

伊平次が本心からそう言っているのか、それとも巳之助をこの物置へ再び来させたいがために嘘を言っているのか……どっちだ。

巳之助はしばらく伊平次の顔を眺めてから、両方だ、と結論付けた。この人は面白がってもいるし、羨ましがってもいる。

巳之助は釣りをやらないから確かなことは言えないが、又七が持っている魚籠は、実際に良い物のように思える。少なくとも作りはしっかりしている。魚籠として良い物なのは間違いなさそうだ。

だが、それを受け取ったらまたここへ蕎麦を打ちに来なければならない。一方で、なかなか交換できずに困っていた揚げ笊と替えられるのは助かる。

さあどうする……と悩む巳之助の頭に、ふっとお志乃の顔が浮かんだ。

「……又七さん、ありがとうございます。それでは、あの揚げ笊と交換ということで」

巳之助は両手で押し戴《いただ》くようにしながら魚籠を受け取った。

悩むことはなかった。自分はあの小箱、つまりお志乃さんへと向かって突き進むだけなのだ。小うるさいだけの幽霊など屁《へ》でもない。蕎麦などいくらでも打ってやる。

「ええと、又七さん。そうですね……五日後にまた伺いますよ」

「そうかい。お前さんは大事な用があるんだろう。それならここは俺が片付けておくから、もう行きなよ。五日後に心置きなく蕎麦を打つために、そっちの用事をしっかり片付けておいてくれ」

「へい。それでは遠慮なく」

巳之助は魚籠を抱えると、素早く土間に下りて戸を開けた。

皆塵堂以外で初めて交換できた。この調子でどんどん物々交換を進めていくぞ。

まだ「羨ましいなあ」と呟《つぶや》いている伊平次を残し、巳之助は勢いよく戸口をくぐった。

長持《ながもち》の中から見えたもの

一

「うおい、峰吉。やっぱり難しいぞ、これ。誰も取り替えてくれねえ」

昨日と似たようなことを叫びながら巳之助が皆塵堂に入ろうとすると、一人の男がその前に立ち塞《ふさ》がった。

円九郎である。この役立たずの勘当息子は今日もこちらの仕事を手伝わされているらしい。

その円九郎の背中越しに、綺麗《きれい》に積み上げられた桶《おけ》が見えた。昨日に引き続き、皆塵堂の店土間の片付けをしていたようだ。

「巳之助さん、お入りになるなら、その腰にぶら下げている魚籠《びく》に気をつけてくださいよ。それがある分、いつもより体に幅があるんですからね。周りにある物にぶつからないように」

「心配するな。この魚籠は昨日からずっと俺の腰にあるんだぜ。今日もさ、昼までこいつをぶら下げたまま魚を売り歩いたんだよ。だからさすがに慣れた」

巳之助はそう言うと、円九郎の横を通り抜けて店土間に入り、奥に向かってずんずんと歩いていった。腰につけた魚籠が揺れて横に積み上げられている桶にぶつかる。当然のように桶はがたがたと崩れていった。

「う、うわあああ」

円九郎の叫び声など気にせずに、巳之助はそのまま作業場に上がった。いつもそこにいる峰吉の姿が今日はなかった。

「あれ、小僧はどこいったんだ。隣かな」

作業場の次にある部屋は伊平次と峰吉の寝所として使われている場所だ。昼間は常に襖《ふすま》が開け放たれているので中が見えるのだが、今日は閉じられていた。このあたりもいつもと違う。

巳之助は作業場を通り抜けると襖に近寄り、そっと開けてみた。部屋の隅に布団《ふとん》が敷かれ、そこで伊平次が横になっていた。眠っているわけではなく、薄目で巳之助を

「お、伊平次さん、どうしたんですかい。まさか具合が悪いとか」

見ている。

「そうじゃないよ」

伊平次はのろのろと布団の上に体を起こした。

「ほら、例の酒屋の夜逃げが、いよいよ明日の晩だろう。しっかりと手伝いをしないといけないから、体を慣らすために昼間の今、少し寝ていたんだよ。別にこんなことをしなくても起きているのは平気なんだけどさ。さすがに念を入れてね」

「ああ、なるほど……もしかして俺の声がうるさくて起きちまったんですかい。それは悪いことしたなあ」

「いや、少し前に目は覚めていた。だから気にしなくていい。それより巳之助、お前、まだ昨日の魚籠を腰に提《さ》げているじゃないか。どうやら取り替えてくれる人が見つからなかったみたいだな」

「そうなんですよ。長屋のかみさん連中は魚籠なんていりませんからね。『おや、自分で釣った魚を売っているのかい』とか『竜宮城で捕まえてきたのかい。酷《ひど》いね』などと言われて終わりです。なんで竜宮城が出てくるのか謎ですけどね」

「そりゃ昨日は亀で、今日は漁師だから、浦島《うらしま》さんってことなんだろうよ」

「ああ、そういうことかあ」

ちっ、長屋のかみさん連中め。分かりにくい冗談を言いやがって。玉手箱があったら煙を撒《ま》き散らしてやりたい。

「なあ、巳之助。酒屋の夜逃げが明日の晩ってことは、お前に残されているのは今日を含めてもあと三日しかないってことだぞ。ご隠居と約束したのはその翌日なんだから。あまりのんびりとはしていられないんじゃないか」

「うう……」

まったくその通りだ。さすがにこの魚籠では、あの玉手箱……ではなく綺麗な小箱には見合わないだろう。清左衛門は納得してくれまい。

「……ああ、畜生め。あまりにもうまくいかなくて気分が落ち込んじまう。なんかもう、死にたくなってきたぜ。そんな俺の心を癒《いや》してくれるのは鮪助《しびすけ》、お前だけだ」

巳之助は奥の座敷に続く襖を開けた。正面にある床の間は空っぽだった。鮪助は今日も留守のようである。

「し、鮪助ええ」

巳之助はがっくりと膝《ひざ》をつくと、腕を床の間の方に伸ばしてそのまま前のめりに倒れ込んだ。

「ああ……鮪助、最期に一目会いたかった……」

「おい巳之助、死ぬなら他所《よそ》で頼むよ。片付けるのが大変だからさ。ああ、それと、死ぬ前にその魚籠をあれと取り替えてくれないか」

「はい?」

巳之助は体を捻《ひね》って伊平次の方を見た。布団の上に座ったまま部屋の隅を指差している。そちらに目を向けると、貧乏徳利《どっくり》が一つ、床の上にぽつんと置かれていた。

「ふうん、すすき屋ねえ……」

この手の貧乏徳利は酒屋が客に貸し出していることが多い。次の時にも自分の店で酒を買ってもらうためだ。だから徳利には屋号が記されている。ここにある徳利は、すすき屋という酒屋の物のようだ。

「……そんな貧乏徳利と取り替えたら俺が損しちまう。どう考えてもこの魚籠より安いんだから」

「いや、大事なのは中身だよ。つまり、酒だ」

「えっ、中身が入っているんですかい……ああ、確かに栓がしてあるな。だけど、伊平次さんは下戸でしょう。なんで酒があるんですかい」

「例の酒屋から貰《もら》ってきたんだよ」

伊平次は立ち上がると、敷居の上に転がっている巳之助を跨《また》いで座敷に入った。そして隅にある煙草《たばこ》盆の横で再び腰を下ろし、腕を伸ばして煙管《きせる》を手に取った。

「昨日の晩、その酒屋にちょっと顔を出したらさ、景気付けに一杯、と勧められたんだ。夜逃げ前だから店土間にある酒樽はほとんど空なんだが、その中から一番良い酒を出してくれたみたいだな。しかし巳之助が言ったように俺は酒が駄目だろう。それで断ったんだけど、わざわざ徳利に入れて持たせてくれたんだよ。世話になったお礼ってことらしい。俺はよく知らないけど、灘《なだ》だか伊丹《いたみ》だか、とにかくそっちの方からの下り酒だって話だぜ」

「おおっ」

酒好きの巳之助でも金がなくて手が出せない類《たぐい》の上等な酒だ。無理をすれば買えるが、安い酒を大量に飲んだ方がいいと考えてしまうので、口にしたことがない。

「江戸には釣り好きも多いが、酒好きはそれよりも大勢いるからな。魚籠よりもそっちを持って歩いた方が、取り替えてくれる人が見つけやすいんじゃないか」

「た、確かにその通りだな」

懸念があるとすれば、自分でその酒を飲んでしまわないか、ということくらいだ。しかし、そこはなんとか我慢できるだろう。

「よし、それなら伊平次さん、魚籠と取り替えましょう」

巳之助は立ち上がって部屋の隅に行き、貧乏徳利を拾い上げた。それを腰の魚籠と付け替えて座敷に戻った。

「それでは、これは伊平次さんの物だ」

魚籠を横に置くと、伊平次は満足そうな顔で口から煙を吐き出した。

「ところで伊平次さん。これは皆塵堂の物と交換したってことになるんでしょうかね」

「どうだろう。まあ念のため、次はうちじゃない所で取り替えた方がいいな。鳴海屋のご隠居は細かい人だから」

「そうですねえ……ふむ、これで藁《わら》人形から笊《ざる》、魚籠、酒と替わった。もちろんこんな物では、あのご隠居は頷《うなず》かないだろうから、さっさと次の物に取り替えに行かないとな。鮪助もいないことだし……あれ、そういえば伊平次さん、鮪助だけでなく峰吉の姿もありませんけど、どうしたんですかい。別にあいつに会いたいわけじゃないけど」

「峰吉なら古道具の買い付けのために外を歩き回っているよ。たまにはそうしないと、あいつの体が鈍《なま》っちまうからな。今日の店番は円九郎だ」

「ふうん」

巳之助は店土間へと目を向けた。円九郎は巳之助が崩した桶を積み上げていた。もたもたとした動きであるが、一応は真面目に働いている。調子のいい男だから客あしらいは平気なはずだ。円九郎も少しは役に立つようになってきた。

だが、それでも勘当は解けないんだけどな……とにやにやしながら眺《なが》めていると、戸口の向こうに人が立った。

「ええと、すみません。こちらは皆塵堂さんでございましょうか」

若い男である。年は二十五、六といったあたりだろうか。どこかの商家の手代といった風情だ。

「はい、いらっしゃいませ。おっしゃる通り、うちが皆塵堂でございます」

すぐに円九郎が応対に出た。

「何かお探しの物がございますでしょうか。ご覧のように少し散らかっておりますが、それだけここには様々な物が置いてあるということでございます。どうぞ何でもおっしゃってください」

腰を屈《かが》め、揉《も》み手をしながら淀みなく口上を述べる。まるで大店《おおだな》の奉公人みたいだと言えなくもない。しかし円九郎がやるとどこか卑屈に見えるから不思議である。

「申しわけありません。何かを買いに来たのではなくて、ご相談したいことがあって参ったのでございます」

男が首をすくめながら答えた。

峰吉が相手をしていたら間違いなくここで「何も買わないのかよ」と舌打ちしているはずだが、さすがに円九郎はしなかった。

「ほほう、相談でございますか。よろしければ私が承ります」

穏やかな笑みを浮かべたまま応対を続けている。あいつもなかなかやるな、と巳之助は少し円九郎を見直した。

「手前は深川三間町《ふかがわさんげんちょう》で蠟燭《ろうそく》を商っている房州屋《ぼうしゅうや》の手代で、文作《ぶんさく》と申します。本日こちらに伺《うかが》ったのは、先だって手に入れた長持が、なんと申しますか……奇妙な物でございまして。この皆塵堂さんはその手の物に詳《くわ》しい、とかねてから大旦那《おおだんな》様が耳にしておりましたので、私が命じられて、こちらに参ったのでございます」

「ちっ」

円九郎がここで舌打ちをした。多分、自分がその店に調べに行かされるかもしれない、と思ったに違いない。様子を眺めていた巳之助は、円九郎お前もか、と腹の中で笑った。

伊平次が煙管の灰を落としてから立ち上がり、店の方へと向かっていった。巳之助はついていくかどうか迷ったが、邪魔になるだろうからと思い、座敷に残った。

——ううむ。

目が自分の腰に提げている貧乏徳利に向いた。中に入っているのは、これまで口にしたことがないような高い酒である。

酒好きとして、一度くらいは味わってみたい。いや、もちろん飲んではいけないことなど分かっている。しかし……。

巳之助は徳利を手に取って振ってみた。半分くらいは入っているようだ。これなら一口や二口ほど飲んだとしても、さほど量は変わるまい。

喉がごくりと鳴った。まだ迷ってはいるが、それでも腰から徳利を外した。

——よく考えたら、これが酒とは限らないよな。

伊平次がそう言っているだけだ。もしかしたら水かもしれない。決して疑っているわけではないが、何かの手違いでそうなってしまった、なんてことは十分にあり得るのではないか。

これは確かめねばなるまい。自分の信用にも関わってくることなのだから。

巳之助は徳利を両手で挟《はさ》むようにして持ち、高く掲げながら一礼した。それから木の封を外して……。

「……それでは、いただきます」

「いや、お前が飲んでどうするんだよ」

「い、伊平次さん。いくらなんでも戻ってくるのが早すぎる」

店先へ目を向けると、道に四つん這《ば》いになって項垂《うなだ》れている円九郎と、それを不思議そうに眺めている文作の姿が見えた。どうやら思った通り、円九郎が房州屋まで行って調べることになったようだ。

「ええと、これはですね、伊平次さん。中身がちゃんと酒かどうか確かめようと思ってですね……」

「それなら匂《にお》いを嗅《か》ぐだけでいいんじゃないか」

「ええ……まあ」

巳之助は鼻を徳利の口に近づけた。酒のいい香りが漂ってきた。間違いなく酒である。それも、高そうな酒だ。

「うう……」

残念ながらこれで飲む必要はなくなった。巳之助は心の中で涙を流しながら徳利に栓をして腰に戻した。

「それでだな、巳之助。ちょっと頼みがあるんだが……お前も円九郎と一緒に房州屋さんまで行ってくれないか」

「はあ？　俺がですかい」

巳之助は顔をしかめた。暇な時なら構わないが、今は物々交換をしていい物を手に入れるという大事な用事がある。

「うむ。峰吉がいないから俺が店番をしなければならない。しかし円九郎を一人で行かせるのは少し不安だ。それに、これは房州屋さんで調べてからの話だが、もしかしたら長持を引き取ってくるようになるかもしれない。大きくて重い物だから、力持ちの巳之助がいてくれると助かる」

「ううん……」

巳之助は悩んだ。これまでの間で、物々交換をしていくのが意外と難しいことが分かった。皆塵堂の手伝いなどせずに、あちこちを歩き回った方がいい。

しかし一方で、もしうまく取り替えられずに行き詰った時のことを考えると、伊平次に恩を売っておく、というのも悪くはない。二度続けて皆塵堂を使うことはできないので、この酒は自力でなんとかしなければならないが、その後に困ってしまう時が必ず来そうだ。

「……まあ、いいでしょう。俺も房州屋に行きますよ。だけど、その奇妙な長持ってやつを調べるのは円九郎にやらせますよ。俺は嫌ですからね」

「ああ、もちろんだ。顎《あご》で使ってくれて構わない。もっとも、あいつが役に立つかどうかは分からないけどな。こういう時は太一郎がいればいいんだが」

「面倒臭《くさ》いけど、太一郎を呼びに行った方が案外と早く済むかな……ああ、駄目だ。今日はあいつ、家にいなかったんだ」

皆塵堂に来る前に巳之助は銀杏屋に寄ったが、太一郎は留守だったのである。

「どこへ行ったか番頭さんに訊《き》けばよかったな」

なるべく太一郎の手は借りないよう清左衛門に言われているので、巳之助は行き先を訊《たず》ねることなく銀杏屋を出たのだ。

これはしくじった。清左衛門は「場合による」と言っていたではないか。今回は奇妙な長持を調べに行くという、太一郎の手を借りていい「場合」だ。

「あいつの力でうまく事を収めれば、房州屋が感謝して何か良い物と取り替えてくれるかもしれないのに……。まあ、仕方がない。代わりに円九郎に調べさせますよ。間違ってうまくいくことがあるかもしれないし」

まあ、天地がひっくり返っても無理だろうが……。

まだ店先で項垂れている円九郎に目をやりながら、巳之助はそう思った。

二

「元々は、娘の嫁ぎ先の蔵にあった長持なんだけどね」

房州屋の裏口のすぐ外で、先代の店主の宇右衛門《うえもん》が話し始めた。

「使っていない物だったから、うちで貰ったんだよ。ああ、娘の嫁ぎ先も同じ蠟燭屋なんだ。店はうちよりも少し大きいかな」

宇右衛門は、年は六十手前くらい。房州屋を息子に継がせた後も一緒に暮らしているので、店の者からは大旦那様と呼ばれているらしい。

「うちの手代の文作と、向こうの店の手代さんの二人でここまで持ってきた。もちろん大八車に載せてね。その際に、娘が孫を連れて一緒に来たんだよ。八つになる男の子だ。うちの倅はなかなか子宝に恵まれなくてね。儂《わし》にとっては唯一の孫なんだ。いやあ、やっぱり孫は可愛いねえ」

「はあ、そいつは良かった」

巳之助はまったく気持ちの籠《こ》もっていない返事をした。宇右衛門はなかなかの話し好きのようだ。こちらはさっさと長持を見せてほしいのに、困ったものである。

「この裏口の前に大八車を止めてね。文作たちが中に運び入れたんだ」

宇右衛門はようやく裏口の戸を開けた。中の土間が見える。思ったよりも広い。

「表側は店になっているからね。飯は裏側のここで作っているんだよ。ほら、そこに竈《かまど》があるだろう」

宇右衛門が横の方を指差したが、巳之助はそちらをちらりと見ただけで、すぐに正面に目を向けた。

土間を上がった所は板の間になっている。その向こうの端、巳之助からだと正面に当たる場所に長持が置かれていた。

板の間には他に、茶簞笥《ちゃだんす》もあった。横の壁に背を付けて置かれている。それから奥の壁の上の方には神棚が設えられている。これはちょうど長持の真上だった。薄暗くてよく分からないが、台所なので多分、荒神様《こうじんさま》が祀《まつ》られているのだろう。板の間にあるのはそれだけだった。

「とりあえず長持はそこに置いてもらった。使っていない部屋に入れようと考えていたんだが、文作はともかく、片方は娘の店の手代さんだからさ。そこまで運んでもらうのは悪いだろう。後でうちの者だけでやろうと思ったんだよ」

「ふうん。綺麗な長持ですねえ」

ただでさえ家の裏側で日当たりが悪い上に、物を煮炊きする所なので、天井や壁、床までが煤《すす》で黒っぽくなっている。だからことさら薄暗く感じる場所なのだが、その中にあっても長持はよく見える。多分、木肌が明るい色のためだろう。

「ああ、桐《きり》でできているのか」

「そうなんだよ。総桐の長持だ。桐はね、本当に素晴らしいよ。木目がまっすぐですっきりしている。それに軽いのもいい。まあそうは言っても大きいから、一人で持ち運ぶのは無理だけどね」

材木問屋の隠居の清左衛門ならここからさらに長々と木の説明を喋《しゃべ》り出すところだが、蠟燭屋の大旦那は違った。桐の話はそれだけで終わったので、巳之助は心底ほっとした。

「その長持を文作たちに運び込んでもらっている間、儂《わし》は裏口の外で娘と話していたんだよ。邪魔にならないようにね。もっとも文作たちはあっという間に中から出てきたが」

すぐそこに運び入れるだけだから当然である。

「娘と孫はその後もうちに残ってゆっくり茶などを飲んでいくけど、娘の店の手代はそこで帰ることになっていた。それで、やはり裏口の外で挨拶《あいさつ》をしていると、孫が一人で、とっとことっ、と家の中に入っていったんだ。裏口の戸は開きっ放しで、ちょうど儂が立っていた所からよく見えたんでね。手代さんたちと話しながら、横目で孫の様子を窺《うかが》っていたんだ。そうしたらなんと、孫が長持の蓋《ふた》を開けて中に入り込んだんだよ」

「ああ、子供は狭い所が好きですからね」

それと猫もだ。簞笥の引き出しに入り込んだのを気づかずにそのまま閉めてしまった、なんてことがたまに起こる。

「うむ、子供は気をつけて見ていないと駄目だね。だが、あの長持は錠前が付いているわけではないし、孫が自分の力で蓋を動かせているのだから、まったく心配はしなかった。隠れて儂らを驚かそうとしているのだな、と気づかないふりをしていたよ」

そうして孫が長持から飛び出してきたら、きっとびっくりしたふりをしてやるのだろう。孫に甘い祖父《じい》さんだ。

「しばらくすると挨拶が済んで、娘の店の手代さんが帰っていった。それを見送っていると、もの凄い泣き声が聞こえてきたんだ。もちろん孫の声だよ。長持の中にいるのに、はっきりと聞こえた。それぐらい酷い泣き方だったんだ」

「何があったんですかい」

長持の中は空っぽのはずだが、もしかして虫か何かが入り込んでいて、それに刺されたとか……。

「それを確かめるために儂と娘、文作の三人は慌《あわ》てて家の中に飛び込んだ。最初に長持の所に着いたのは儂だ。何しろ履物《はきもの》を脱がずにそこまで行ったからね。早かったよ。で、急いで長持の蓋を開けると、孫が儂の顔を見て、ますます大泣きしたんだ」

「それは、大旦那さんを見て安心したからじゃないですかい」

「だったらいいんだけど、違うんだよ。孫が儂を指差してさ、『鬼だ』って言ったんだ」

「ふうん、鬼ねえ……よく分からねえな」

「儂もだよ。孫にいきなりそんなことを言われて、思わず呆然《ぼうぜん》としてしまった。その間に孫は長持から出て、娘の方に行ってしまってね。ずっと泣き続けているので、娘がなだめていた。文作は……どうしていたかなあ」

きっとおろおろしていたに違いない。

泣き出す孫、呆然とする祖父ちゃん、うろたえる手代。さすがに地獄絵図にはほど遠い、むしろ笑ってしまうような光景だが、孫が言った「鬼」というのが気になる。いったい長持の中で何があったのだろうか。

「ええと、念のために伺いますが、長持の中に虫か何かが入っていた、ということはありませんよね」

巳之助が訊くと、宇右衛門は首を振った。

「ああ、それはない。我に返った後で、儂がよく見たからね。長持の中は間違いなく空っぽだったよ」

「ふむ……」

「孫はずっと泣いていてね。たまに泣きやむことがあったんだけど、儂の顔を見たらまた泣くんだ。それで結局、娘と孫はうちでのんびりすることなく帰っていったよ」

宇右衛門は肩を落とし、寂しそうに言った。

「まあ、その日は仕方ないだろう。だけどね、このまま孫がうちに寄りつかなくなったら大変だ。そう思って、文作を皆塵堂さんへ行かせたんだよ。その手の相談にのってくれる店だという噂《うわさ》を聞いたことがあったのでね」

どうやら宇右衛門も「鬼」という言葉が気になっているようだ。そうでなければ噂を耳にしただけで、あまり知らない皆塵堂に相談などしないだろう。

「それで……どうだろうか。あの長持に何かおかしいところがありそうかね」

「どうでしょうかねえ」

巳之助は店土間に足を踏み入れると履物を脱いで板の間に上がり、まっすぐに長持へと近寄った。

まずは外側から眺める。長い方の幅が六尺近くある大きな物だ。子供でなくとも中で横になれそうである。

次に蓋を開けて中を覗き込む。空っぽのままだ。妙なところはなさそうである。

太一郎がいれば見ただけで何か分かるはずだが、自分にはそんな力はない。それなら、とりあえず試しに同じようなことをやってみるしかあるまい。

「……おい円九郎、お前、ちょっと長持の中に入ってみろ」

「うわっ、やっぱりそう来ましたか。それが嫌でずっと気配を消していたのに」

「ただ黙って突っ立っていただけだろうが。いいから早く入ってこい」

「うう……」

円九郎は渋々といった感じで戸口をくぐり、板の間に上ってきた。

「……本当に私が入るんですか。狭くて暗い所は苦手なんですけど」

「お前が何を言おうが俺は聞く耳を持たねえぞ。諦《あきら》めてさっさと入れ」

「ああ、もう……」

円九郎は入る前から泣きそうになっている。しかしそれでも巳之助に抗《あらが》う気はないようで、のろのろと片足を長持の中に入れた。

「もう片方の足も早く入れろ。中に寝そべるんだ。蓋を閉めるんだから。そうすれば、もしかしたら、お孫さんが何を見たのか分かるかもしれない」

「鬼だ、と言ってたみたいですね……」

円九郎は長持の中に腰を下ろした。

「……すでに私の目には鬼が見えているのですが」

もちろん巳之助のことである。

「いいから黙って横になれ。ただし目はずっと開けていろよ。お孫さんの言う鬼ってやつを見極めるんだ。今回、俺たちがするのは鬼退治だからな」

「巳之助さんは退治される側ではないかと思……」

「閉めるぞ」

円九郎の頭をぐっと押し込むようにして、巳之助は長持の蓋を閉めた。

「ああ、嫌だなあ……狭いなあ……暗いなあ……怖いなあ……」

長持の中でぶつぶつと呟《つぶや》く円九郎の声が聞こえた。

「なんか、がたがたして寝心地が悪いし……」

きっと何かしら喋っていないと不安なのだろう。蓋が閉まっているので声はくぐもっていて、決してうるさくはない。それに中での円九郎の様子も分かるので、巳之助はそのまま放っておくことにした。

「あ、あれ……どうしたんだろう……」

円九郎の声の調子が変わった。それまでの愚痴《ぐち》とは明らかに違う。

「ああ、不思議だ……」

何らかの異変があったのかもしれない。巳之助は声をかけたくなったが、ぐっと堪《こら》えて黙っていた。まだ宇右衛門の孫が見た「鬼」が出てきていない。邪魔をせず、このまま様子を見るべきだと思った。

「いったい何が起きたんだ……」

円九郎が呟く。それはこちらが言いたい台詞《せりふ》だ。巳之助は少し苛立《いらだ》った。

そこからしばらくの間、円九郎が無言になった。やはり声をかけるべきだろうかと悩んでいると、再び円九郎が喋り出した。

「あ、あれ、いつの間に」

どうしたというのだ。その先を言え。巳之助はますます苛立った。

「えっ、ちょっと、大旦那さん、どうしたんですか」

これまでより大きな声が長持の中から聞こえた。宇右衛門のことを言っているようだ。

巳之助は後ろを振り返った。宇右衛門は土間に突っ立って、こちらの様子を心配そうに窺っていた。特に怪しい動きはしていない。

「お、大旦那さん、いったい何をしようと……」

宇右衛門にも円九郎の声は聞こえているらしい。自分は何もしていないぞ、というふうに両腕を広げながら首を振っている。

「大旦那さ……うわっ、みの……違った、お、鬼だっ」

ついに宇右衛門の孫が見た「鬼」が出てきたようである。その「鬼」という言葉を、ある名前と言い間違えそうになった気もするが、それは後で問い質《ただ》すことにして、巳之助は黙って円九郎の発する声に聞き耳を立てた。

「いや、それは駄目です。やめてください。お、お願いですから」

声が懇願するような調子に変わった。多分、「鬼」に向かって言っているのだろう。

「そ、そんなことをしたら死罪ですよ。地獄に落ちますよ。だから、ああっ」

円九郎の声は次第に大きくなりつつある。

「う、うわっ、うわあああ」

　とうとう叫び声になった。長持の中とはいえ、かなりの大声だ。

　さすがにもう助け出した方がいいだろうか。それともこのまま様子を見続けるべきだろうか。迷っていると、家の表側の方から足音が聞こえてきた。

「どうかなさいましたか」

　板の間の端にある引き戸が開き、手代の文作が顔を出した。この男は巳之助たちを案内した後は店の方を手伝っていたのだが、どうやら円九郎の声はそちらまで届いていたようである。

　さすがに潮時だろうと考え、巳之助は長持の蓋を開けた。

「うわああ……あ、あれ、長持がある」

　中に横たわっていた円九郎は、しばらくの間ぽかんとした顔をしていたが、やがて目を動かして巳之助を見た。

「う、うわっ、お……違った、巳之助さんだった」

「また蓋を閉めるぞ」

「すみません、謝りますのでやめてください。ああ、良かった。動ける」

　円九郎は体を起こした。額に汗が浮いている。かなり怖い思いをしたようだ。

「ええと、もう出てもいいですよね」

そう言うと、巳之助の返事を待たずに円九郎は立ち上がった。目は宇右衛門へと向いている。少し怪訝《けげん》な表情だ。

宇右衛門を見つめたまま円九郎は長持を出た。その目がゆっくりと動き、土間にある竈へと向いた。

「……念のためにお訊ねしますが、竈の火は熾《おこ》していませんよね」

「もちろんだよ。まだ晩飯の支度《したく》には間があるからね。火など点《つ》けていないし、そもそも誰も近寄っていないよ。お前さんたちがうちに来てからは」

宇右衛門もやはり怪訝な顔で返事をした。

「大旦那さんは、ずっとそこにいらっしゃったのですか」

「うむ。動いていないよ」

「左様でございますか……」

円九郎は眉間《みけん》に皺《しわ》を寄せて黙り込んだ。目は宇右衛門と竈を交互に見ている。

「おい、円九郎。俺たちは長持の中にいるお前の声しか聞いていないんだ。どうせ喋るならもっとしっかり説明すればいいのに、中途半端なことしか言いやがらねえ。何が何やら分からないから、さっさと教えろ。いったい中で何があったんだ」

「それ、今ここで言わなきゃ駄目ですか。日を改めて、もっと明るい場所でお願いしたいのですが」

「すまんな。駄目だ」

円九郎は怖い思いをしたばかりである。それにまだ同じ場所にいるのだから、気味が悪く感じているに違いない。話したくないのは分かる。しかし巳之助は、これとは別に物々交換という大事な用事を抱えているのだ。あまり悠長に構えている暇はない。可哀想《かわいそう》ではあるが……。

「いざとなったら力ずくでも喋らせる」

「巳之助さんはやっぱり鬼だ。それどころか、下手したら鬼よりも……あ、いや、違うな。さすがに鬼よりはましかもしれない」

円九郎はそう言うと巳之助の顔を見つめた。それから目を文作、宇右衛門と移していき、最後にまた竈を見た。

「ああ、だいぶ落ち着いてきた。この分なら話しても平気かな。どうやら火の気もないようですしね」

「そうか。それなら早いとこ頼む」

「巳之助さんはせっかちですねえ」

円九郎は、はあ、とため息をつくと竈から目を離し、今度はさっきまで自分が入っていた長持を見た。

「巳之助さんに無理やり蓋を閉められて、私は長持の中に横たわりました。もうね、狭くて暗くて、あまりの怖さに目をつぶったのです。巳之助さんにはずっと開けとけと言われましたけどね。そうしたら……」

三

円九郎のまぶたの裏がかすかに明るくなった。

自分が怖がっているみたいなので、心配した巳之助が長持の蓋を開けてくれた……などということは間違ってもあり得ないことだ。円九郎にはそれが分かっている。

そんな優しさを持ち合わせていたら、そもそも自分をこんな所に押し込めまい。だからはっきりと言い切れる。巳之助は決して蓋を開けない。それどころか、下手をしたら自分が逃げ出さないように蓋の上に座り込む。あの魚屋はそんな男だ。

それなら、なぜ明るくなったのだろうか。不思議に思った円九郎は、恐る恐る目を開いた。

「あ、あれ……どうしたんだろう……」

円九郎は我が目を疑った。長持が消え去っていたのだ。自分は今、床の上に仰向《あおむ》けに寝ている。

「ああ、不思議だ……」

円九郎はそう呟きながら体を起こそうとした。しかしそれは無理だった。体が動かないのだ。喋ることはできる。目を動かすこともできる。首も少しくらいなら回せる。しかし、その他はまったく動かせなかった。

「いったい何が起きたんだ……」

円九郎は必死に首を曲げ、周りの様子を見た。巳之助は腕を組み、難しい顔をして円九郎の方を見つめている。多分、実際には長持を見ているのだろう。

宇右衛門は土間にいる。心配そうな顔で巳之助や長持の様子を窺っている。

円九郎はまた巳之助へと目を戻した。助けを求めようと思ったのだ。しかしすぐに、それは駄目だと諦めた。巳之助が苛立っているように見えたからだ。機嫌が悪い時の巳之助には関わらない方がいい。

円九郎は巳之助から目を逸《そ》らした。天井をぼんやり眺めながら、それならどうするべきか、と考え始める。

しばらくすると、目の端で何かが動いた。

宇右衛門が歩き出したのだ。竈の方に向かっている。

「あ、あれ、いつの間に」

竈の火が点いていた。薪《まき》がくべられ、炎が燃え上がっている。宇右衛門はそこへ近づくと、こちらに背を向けて体を屈めた。

「えっ、ちょっと、大旦那さん、どうしたんですか」

円九郎は思わず大声を出した。宇右衛門が驚くべき動きをしたからだ。燃え盛る炎の中に手を突っ込んだのが、その背中越しに見えたのである。

「お、大旦那さん、いったい何をしようと……」

宇右衛門が再び立ち上がった。その手には火の点いた薪が握られている。炎はかなり大きい。握っている手の辺りまで燃えているように見える。

宇右衛門がくるりと振り返った。

いや、宇右衛門ではなかった。顔が変わっている。

「大旦那さ……うわっ、みの……違った、お、鬼だっ」

角や牙《きば》が生えていたかは覚えていない。しかし、その形相は鬼としか言えないものだった。例えるなら怒った時の巳之助の顔である。だから鬼と言おうとして巳之助の名が出てしまいそうになったのも致し方あるまい。

鬼としか言えないそれが、薪を手にしたまま歩き出した。ゆっくりと、だが確かな足取りで円九郎の方へと向かってくる。

あの鬼は、私の体に火を点けようとしているのだ。円九郎はそう感じた。

「いや、それは駄目です。やめてください。お、お願いですから」

円九郎は懇願した。しかし鬼は歩みを止めない。このままでは殺されてしまう。

「そ、そんなことをしたら死罪ですよ。地獄に落ちますよ。だから、ああっ」

鬼が円九郎のすぐ横に立った。

巳之助のいる場所も近い。しかし似たような顔をしているくせに、お互いが見えていないようだ。今、巳之助に助けを求めても意味がない。

鬼が腰を屈め、火の点いた薪の先を円九郎の顔へと近づけてきた。

「う、うわっ、うわあああ」

円九郎は叫び声を上げた。

四

「……どれくらいの間、叫んでいたのか分かりませんけど、ふと気がついたら周りの様子が元に戻っていたのです。つまり、自分は長持の中に寝そべっていたのですよ。蓋が開いていて、天井が見えました。それで、ああ助かった、と思って目を少し横に動かすと、鬼が心配げにこちらを覗き込んで……」

「おい」

「ああ、違った。巳之助さんが覗き込んでいたのです。そこから先は、皆さんご存じということで話は終わりでございます。ふう」

円九郎は最後に大きく息を吐きながら一礼した。

「うむ、ご苦労。お前が鬼と言おうとして、なぜか俺の名を言いそうになったことは忘れてやる。何を見たのかがよく分かったからな。だが……」

巳之助は宇右衛門へと目を向けた。房州屋の大旦那は、難しい顔をして首を傾げていた。多分、相手から見れば巳之助も似たような顔をしているに違いない。

確かに円九郎が長持の中で何を見たのかは分かった。しかし、それだけだ。出てきた鬼は何者なのか。そして、この後どうすればいいのか。そのあたりはまったく分からない。

「ええと……大旦那さん、その鬼ってやつに心当たりはありますかい」

多分、無駄だろうとは思いつつ、巳之助は訊ねてみた。案の定、宇右衛門は大きく首を振った。

「まったくないよ。少なくともこの房州屋で、これまでにそんなものが出たことは、一切ない」

「そうすると、長持に憑《つ》いてきたってことになりますね」

巳之助が言うと、宇右衛門はまた首を振った。

「先に言ったように、あれは娘の嫁ぎ先から持ってきた物だ。そちらで妙なものが出たという話も耳にしたことはないよ。それに、もしそんな長持だとしたら娘がここへ持ってくるはずがない」

「ううむ……でもずっと使われずに、娘さんの嫁ぎ先の店の蔵に仕舞《しま》われていた物なのでしょう。それなら、娘さんが知らなかっただけなのかもしれない」

「いや、だったら娘婿《むすめむこ》や、その親御さんが止めるだろう。危ない物を押し付けるような人たちではないから」

「ふむ」

実はこの房州屋か、あるいは宇右衛門のことを憎く思っていて……などという考えも浮かんだが、巳之助がそれを口にすることはなかった。いい加減なことを言って、それで両家の間に妙な波風が立ったらまずい。

「まあ、先方の店の人たちも知らなかった、ということもあり得るから。いずれにしろ、あの長持に何かあるということは確かなようだ。そうすると考えなければならないのは、長持をこの後どうするか、だな」

やはり皆塵堂に持っていくことになるのだろうか。

どうも火に因縁がありそうだから、あまりいい気はしない。もし火事が起きたら大変だからだ。円九郎はともかく、伊平次や峰吉、鮪助が心配である。もちろんその他のご近所の皆さんもだ。

だが、それならここに置いたままにするというのも駄目だ。房州屋なら燃えてもいい、なんてことはない。

「ううむ。皆塵堂はその手の古道具でも引き取る店だ。相談を受けた以上は、やはり持っていくしかないのか……」

横目で円九郎を見ながら言う。安積屋の勘当息子はぶるぶると首を大きく振っていた。さすがにそれは嫌なようだ。しかしだからといって何か他に案がある、というわけでもなさそうだった。やはり役立たずだ。

「さて、どうするべきか……」

考え込んでいると、外の方から悲鳴が聞こえてきた。裏口を出て少し行った辺りからだろうか。甲高《かんだか》い声だが、男のものだった。

巳之助はその声に聞き覚えがあった。よく知っている男だ。

「……太一郎のやつ、なんでこんな所にいるんだ？」

巳之助は慌てて長持のそばを離れ、裏口に向かった。別に太一郎を心配したからではない。あの男があんな声を上げるのは、猫に襲われた時だからだ。巳之助は猫を見たいがために急いだのである。

裏口から外を覗く。そこは房州屋の裏側にある長屋の路地になっている。声がした方を見ると、思った通り少し離れた場所に太一郎がうつ伏せに倒れていた。長屋の木戸口を入ってすぐの辺りだ。

「お、おい、太一郎。猫、猫はどこへ行った」

大声で言いながら巳之助は駆け寄った。そこにあるのは太一郎の姿だけである。肝心の猫は見当たらない。

「俺をこの長屋に追い込んだら、満足した顔で戻っていったよ」

太一郎は体を起こした。かなり走ったようで、息を切らしながら周りをきょろきょろしている。

「ええと……ここはどこだ」

「深川三間町だよ。それよりどんな猫だったんだ。可愛かったかい。まだ近くにいるかな」

「白地に茶色のぶち模様。体が大きく、ふてぶてしい顔をした可愛さの欠片《かけら》もない猫だったよ」

「お、お前、それって……」

「ああ、鮪助だ。俺は今日、仕事で付き合いのある人と向島《むこうじま》にある料理屋で会っていたんだよ。で、用事を終えて帰ろうと店を出たら、鮪助が待ち構えていやがったんだ。そこからずっと追われ続けて、とうとうこんな所まで来ちまった。まったく、どこまであるんだよ、あいつの縄張りは。町方のお役人より広いぞ」

江戸町奉行所の支配範囲、いわゆる「墨引《すみびき》」の内に、向島の辺りは含まれていない。

「ところで巳之助こそ、なんで深川三間町なんかに……ああ、なるほど。皆塵堂の手伝いをさせられているのか」

　太一郎の目は巳之助の背後に向けられている。房州屋がある方だ。巳之助も振り返ってそちらを見た。円九郎が裏口から体を半分出してこちらを覗いていた。

「円九郎だけでは心配だから、巳之助も一緒に来たってところかな。まあそれはいつものことだが、それにしてもあれは……いかにもお前らしい相手だな」

　どうやら太一郎にも、あの「鬼」が見えたようである。

「ああ、まったくだ。なにしろ鬼だもんな」

「いや、違うぞ。そんな可愛いものじゃないよ。あれは間違っても怒らせてはいけないものだ。もっとも、あそこの店では決して蔑《ないがし》ろにしているわけではないから、そこまで恐れることはないけどね。ちゃんと祀られているみたいだ。ただし、近頃は少し忘れがちになっているかな」

　太一郎はようやく息が整ったらしい。のろのろと立ち上がると、着物についた土埃を面倒臭そうにはたき始めた。

「お、おい、太一郎。祀られているってことは、つまり……」

「うむ、相手は神様だよ」

「いや、だってお前、今、俺らしい相手だとか何とか……」

「別にお前が神様みたいなやつだというわけじゃないから勘違いするなよ。むしろ、もっともかけ離れた人間だと俺は思う。だけど、どういうわけか神様に縁があるというか、気に入られるというか……この間の丑《うし》の刻《こく》参りの時のお稲荷様もそうだし、だいぶ前には猫を次々と呼び込んだりもしただろう。お前が神様に『猫が飼いたい』などとお願いしたせいで」

「ああ、そういえば……」

その結果、子猫が次々と九匹も集まったことがあった。今、巳之助たちが住む鬼猫長屋にいる六匹の猫のうち、五匹はその時の猫だ。

「……言われてみれば、俺は神様運が強いかもな」

今回のお願い事もどうかよろしく……と巳之助は心の中でお稲荷様に祈った。

「こっちはそれで迷惑しているけどな。お前の神様運も困りものだよ……まあそんなわけだから、もしかしたらこれも、案外と神様がお前を呼んだのかもしれないぞ。長持をどかせばいいだけの話だから、力持ちのお前は打ってつけの人間だ。それじゃあ、俺はこれで帰るよ」

太一郎は長屋の木戸口の方へ歩き出した。

「あれ、手伝ってくれるんじゃないのか」

「今回はあまり俺の力は借りるなと言われているんだろう？」

当然、物々交換で小箱までたどり着こうとしていることや、清左衛門と交わした約束事などの話は太一郎にしてある。

「うむ、その通りだが、鳴海屋のご隠居は『場合による』と言ったんだよ。幽霊とか、その手のもので困っている人がいるなら構わないみたいだ。それならこの件は手伝ってくれてもいいと思うんだが」

「だから、少しだけ力を貸しただろう。長持をどかせってことだ。ああ、もちろんその後はちゃんとお祀りし直しておけよ。それと、円九郎のやつは随分《ずいぶん》と脅かされたみたいだが、子供の方はさすがに手加減している。『祖父《じい》ちゃんだと思っていたのに、振り返ったら鬼みたいに怖い顔をした人だった』といった程度だよ。きっと二、三日もしたらケロッとして遊びに来るはずだから安心していい。俺からの手助けはこれで終わりだ」

太一郎はそう言い残して木戸口を出ていった。その後ろ姿は颯爽《さっそう》と……していない。まだ近くに鮪助がいるのではないか、あるいは別の猫が襲ってくるのではないか、などと考えているらしい。及び腰で、左右をきょろきょろと見ながら進んでいる。

しかし猫は現れなかった。きっと近くにはいないのだろう。それなら太一郎を見送っていても仕方がない。巳之助は房州屋に戻るために歩き出した。

「あれ、太一郎さんはどうしたのですか」

裏口の所で円九郎が訊いてきたが、巳之助は一言「帰った」とだけ返し、房州屋の中に入った。

「ええと、大旦那さん。あの長持をちょっとだけ動かしますぜ」

「うん？　そうかい。それなら文作……」

「ああ、手助けは結構」

長さが六尺近くある大きな長持だが、それでも一人で十分である。

巳之助は長持の横に立つと、片方の手を蓋の向こう側に回し、もう片方を底に差し込んで、抱きかかえるようにして持ち上げた。

「……巳之助さん、長持の数え方を知っていますか」

背後から円九郎の声が聞こえてきた。呆《あき》れているような響きだ。

「いきなり何だ？」

「長持の横の所には、箪笥と同じように棹《さお》を通すための鉄輪が付いているのですよ。

二人で担いで運べるようになっているのです。だから箪笥も長持も、一棹、二棹、と数えます。それなのに巳之助さんは一人で持ってしまった。だとしたら、棹の立場はいったいどうなるというんですかい」

「知るかっ」

皆塵堂に来てから、円九郎も少し阿呆《あほう》になったな。そう考えながら巳之助は、長持を抱えたまま後ろへ数歩下がった。どうせならこのまま円九郎の所まで行って押し潰してやろうかとも思ったが、さすがにそれはやめておいた。円九郎がまだ裏口のそばにいるからだ。戸を壊してしまったら申しわけない。

仕方なく巳之助は、長持をその場所にゆっくりと下ろした。

「ええと、この後はどうするんだ？」

太一郎は詳しく教えてくれなかった。長持をどかしたら、ちゃんとお祀りし直せと言っただけだ。

いったい何のことだろう、と考えていると、板の間の隅にいた文作が急に声を上げた。

「ああ、大旦那様、御札《おふだ》が落ちています」

文作は、それまで長持が置かれていた場所を指差している。

巳之助はそちらに目を向けた。なるほど、文作の言う通りだった。木でできた御札が裏側を向いて転がっている。

どうやら神棚から落ちたのを気づかずに、長持をその上に置いてしまったようだ。この場所が薄暗かったのと、床板と御札の木が似通った色をしていたこと、そして巻かれている紙が煤で汚れていたせいであろう。

「大旦那様、申しわけありません。すぐ近くだからと長持を二人で抱えて運び込んだのがいけなかったみたいです。それだと向かい合わせになって、床の上が見づらくなりますから。棹を使っていれば片方は前を向けますから、落ちている御札に気づけたでしょうに」

文作が言い訳をしている。

巳之助はちらりと円九郎を見た。「ほら、棹は大事でしょう」と自慢げな顔でこちらを見ている。腹が立ったので、後で殴っておこうと巳之助は思った。

「ふうむ。神棚にあった荒神様の御札だね。荒神様は台所の神様であり、竈の神様であり、そして火伏《ひぶ》せの神様である。なるほど、そちらの皆塵堂さんの人が長持に入った時に中から見えたものと繋《つな》がったようだ。神様が怒っていらっしゃったんだな」

宇右衛門が落ちている御札に近づき、丁重な手つきで拾い上げた。

「そういえば、しばらく神棚に水やお神酒をお供えしていなかったな。これはいかん。神様がお怒りになるのも無理はない。ちょっと文作、水とお酒を持ってきなさい。それから踏台も」

はい、と返事をして、文作が素早く板の間の隅にある引戸から出ていった。その姿を少しだけ見送ってから、宇右衛門は巳之助の方を向いた。

「お蔭様《かげさま》で何とかなりそうだよ。皆塵堂さんは噂通りのお店だった。本当に相談して良かったよ」

「は、はあ。お力になれたようで、なによりですよ」

自分はただ長持を動かしただけなのだが、感謝されてしまった。だが喜んでいるみたいなので、これでいいのだろうと考え、そのままにすることにした。

それに巳之助は皆塵堂の者ではなくて棒手振《ぼてふ》りの魚屋なのだが、今さら告げるのも妙だし、面倒臭いので、これもそのままにすることにした。

「ええと、それから……ああ、お孫さんのことですけどね。きっと二、三日もすればケロッとして、またこちらの店に遊びに来ると思いますよ」

これは太一郎が言ったことだが、あの男のことを説明するのはやはり面倒臭いので、自分の意見ということにして告げた。

「ふうむ、そうなってくれると嬉《うれ》しいが……まあ、皆塵堂さんの言うことだからね。きっとそうなのだろう。ありがとう、安心したよ」

宇右衛門は深々と一礼した。

「ああ、いや、これは恐れ入ります」

巳之助も頭を下げた。その時、自分の腰にぶら下げている貧乏徳利が目に入った。

「……大旦那様、水と踏台をお持ちしました」

文作が板の間に戻ってきた。

「ただ、お酒は切らしているようで……」

「ふむ、昨日で飲み尽くしてしまったのか。それなら文作、すぐに買ってきなさい」

「承知いたしました」

文作は、今度は裏口へと向かっていった。しかしそれを巳之助は慌てて止めた。

「おおっと、手代さん、ちょっと待った。買ってこなくてもいいですぜ。大旦那さん、こちらをご覧ください」

貧乏徳利を腰から外し、宇右衛門の前に掲げた。

「なんとこれは、灘だか伊丹だか、とにかくそっちの方から下ってきた、それはもう素晴らしい酒なんですよ。これをね、神様にお供えしましょう」

「そ……そうかい。まあ皆塵堂さんが言うのなら」

宇右衛門が手を伸ばした。しかし巳之助はすっと徳利を手前に引いて宇右衛門に取らせないようにした。

「実はですね、大旦那さん……ただというわけにはいかないんですよ」

「は？　あ、ああ。もちろんお代は払うよ」

「いや、そうじゃなくてですね……銭ではなく物と取り替えてほしいんだ」

「うん？」

宇右衛門は首を傾げた。どうするべきか悩んでいる様子だ。

「……そういうわけにはいくまい。それに皆塵堂さんには、こうして事を収めてもらったんだ。これとは別に、礼金もたんまりとお渡しするよ」

「そんなのもひっくるめて、物でお願いしたいんで」

とにかく何かと交換してもらわねばならないので、巳之助は必死である。

「皆塵堂は古道具屋だから、銭より物の方がありがたいんですよ」

「う、ううむ。そこまで言うなら……文作、儂は店の方に行っているから、神棚の方を頼むよ」

宇右衛門は手代にそう告げて、引戸から出ていった。とりあえず何らかの物と取り替えてくれるみたいだ。巳之助は胸を撫《な》で下ろしながら、徳利を文作に渡した。

「……巳之助さん、よろしいのですか。あんなことを言って」

円九郎が近づいてきた。

「伊平次さんはともかく、峰吉が文句を言いますよ。『銭が貰えるなら、そっちの方がいいに決まってる』って」

確かに言いそうである。

「大旦那さんが礼金を払うつもりだったことを黙っていればいいだけだ。円九郎、喋っちゃ駄目だぞ。そうすれば、お前にとっても得なことがある」

「ほう、どのようなことでございましょうか」

「俺に殴られずに済む」

「……黙っていましょう」

円九郎は、すっと巳之助から離れていった。

口止めは無事に終わった。そうなると気になるのは、宇右衛門が酒と何を交換してくれるかだ。次の物に繋がりやすそうな物がいいが……。

考えていると、宇右衛門が戻ってくる足音が聞こえてきた。案外と早かった。

「まあ、こんなところだろうな」

板の間に入ってきた宇右衛門は箱を四つ抱えていた。掛け軸を入れる箱に似た細長い物が二つ、そして硯箱《すずりばこ》くらいの大きさの物が二つだ。

「おおっ、四つもですかい。それはいくらなんでも悪い気が……」

「お酒のお代と、皆塵堂さんへのお礼の両方だからね。遠慮なく受け取ってくれ」

宇右衛門は床に座ると、箱を自分の前に置いた。中身を見せるつもりのようだ。こちらが突っ立っているのは失礼なので、巳之助も宇右衛門の正面に腰を下ろした。

「何を持ってこようか悩んだのだが、うちは蠟燭屋だから、結局は蠟燭でいいだろうということになった。ええと、こちらの箱に入っているのは……」

宇右衛門はまず、細長い方の箱を開けた。

その中身を見た時、巳之助は思わず「おおう」と声を上げてしまった。箱の中には大きな蠟燭が一本だけ入っていたのだ。

「こ、こいつは百目《ひやくめ》蠟燭ってやつか」

重さが百匁《もんめ》もある蠟燭だ。当然かなり太いし、長さも一尺くらいある。巳之助は使ったことがないからよく分からないが、多分、燃え尽きるまで半日はかかるのではないだろうか。

「これ、結構な値がするんじゃありませんかい。いくらなんでも……」

「もし皆塵堂さんに相談せずにいたら、気味が悪いからと長持に触らず、そのままここに置きっ放しにしていたんじゃないかな。そうしたら神様が怒ってしまい、下手をしたら火事になっていたかもしれないんだ。ことさら火の元には気をつけなければいけない蠟燭屋が火事を出したなんてことになったら洒落《しゃれ》にならないからね。そう考えると安い物だ。さっきも言った通り、遠慮なく受け取ってくれ」

「は、はあ……」

大変ありがたいことだが、一つ懸念がある。次の物への交換がしづらいということだ。巳之助が仕事でよく歩き回る裏店では不要な物である。そこに住んでいる人たちは、そもそも蠟燭なんて使わない。安い魚油に灯心を差して明かりを点《とも》している。

「それから、こちらの中身はこれだよ」

宇右衛門が、もう片方の平たい箱を開けた。やはり蠟燭が入っていたが、百目蠟燭と比べるとかなり小さい。提灯などで使う物のようだ。それが箱に詰まっている。

「こちらは五匁の蠟燭だよ。それが箱に十本入っている」

「おお……」

これでも長屋のかみさん連中は「いらない」と言うだろうが、百目蠟燭よりは交換してくれる人を見つけやすそうである。こちらの方が自分にとってはありがた……いや、待てよ。

約束の期日は明後日だ。それまでに小箱に見合う物を手に入れなければならない。箱の代金として伊平次が清左衛門から受け取ったのは、両を超えていたという。しかしそれは重箱や文箱といった、他の箱も合わせての金だ。あの小箱は一番小さい物だったから、もしかしたら百目蠟燭でも十分なのかもしれない。

しかし、それを判じるのはあの清左衛門だ。少し心もとなく感じる。

できればもっと上の、あの老人に有無を言わさないような物が欲しい。だとしたら、今さら五匁の蠟燭のような、ちまちました物などいらないのではないだろうか。

自分に必要なのは百目蠟燭だけだ。これをさらに何か良い物へと替える。そうしないと勝負にならない。

「酒代と皆塵堂さんへのお礼の両方だから、それぞれ二つずつ用意した。遠慮なく受け取ってくれ」

宇右衛門は蓋を閉めると、四つの箱をすっと巳之助の前に押し出した。

「はあ、それではありがたく……」

巳之助は箱に手を伸ばした。

もちろん自分が独り占めする気はない。皆塵堂にも渡すつもりだ。ただし、平等には分けない。五匁の蠟燭が入った箱は両方とも皆塵堂に渡し、自分は百匁の蠟燭を二本もらう。

皆塵堂のような古道具屋だと、小さい蠟燭の方が売りやすいはずだ。峰吉はともかく、伊平次は文句を言うまい。

これで藁人形が蠟燭に……それも百目蠟燭などという、高直な物に替わった。あの小箱まで、つまりお志乃さんまであと一歩だと思う。

確かな手ごたえを感じながら、巳之助は蠟燭の入った箱を受け取った。

離れの障子に映る影

一

「うおおい、峰吉。百目蠟燭《ひやくめろうそく》なんて誰も取り替えてくれねえよお」

三日続けての嘆き声を上げながら皆塵堂に入ろうとすると、昨日と同じように円九郎が前に立ちはだかった。

「巳之助さん、持っている風呂敷包みを振り回すのはやめてください。それ、蠟燭の箱が入っているのでしょう。大事な物ですから、私が預かっておきます」

当然、店土間の桶《おけ》を崩させないようにするために違いない。三日目となると、さすがに円九郎も考えているようだ。

「ううむ、中の蠟燭が割れるなんてことはないだろうが、丁寧《ていねい》に扱わないと駄目なのは確かだな。くそっ、円九郎にまともなことを言われちまった」

巳之助は舌打ちしながら風呂敷包みを円九郎に渡した。

「鳴海屋のご隠居と約束したのは明日なのに、手詰まりになっちまった。峰吉、助けてくれよおお」

再び声を張り上げながら戸口をくぐる。店土間を通り抜ける時に巳之助は、心の中のもどかしさを表すように、大きく腕を振り回した。背後で円九郎が「うわあああ」と叫《さけ》ぶ声が聞こえた。

「巳之助さん、いらっしゃい」

作業場にいた峰吉が落ち着いた声で挨拶《あいさつ》してきた。店土間の騒ぎなど気にも留めていない様子だ。目はいつものように手元の古道具に落としたままである。

「おっ、なんか今日は、随分《ずいぶん》と面白そうな物をいじってるな」

巳之助は、峰吉の前に置かれている物に目をやりながら作業場に上がった。

そこにあるのは、木彫りの置物だった。とぐろを巻いているので、蛇《へび》のようだ。底の部分の幅は一尺ほどで、高さも同じくらいだろうか。どっしりした印象を受ける。

蛇は干支《えと》にもなっているから、そんな置物があっても別に不思議ではない。面白いと感じたのは、その頭の上に鉄でできた台が載っていることだ。

「いったい何だ、それは」

「これは燭台《しよくだい》だよ。つまり蠟燭立てだね。置物と燭台は元々別の物だったんだけどさ、組み合わせてみたんだ」

「また妙なことを……」

「燭台の方は下に土台があったんだけど、取れちゃったんだよ。で、この置物はどっしりしていて、倒れづらそうだろう。これはいいやと思って、置物の頭の所に穴を開けて燭台を突き刺してみたんだ」

「ふうん」

蠟燭立てが倒れたら危ない。下手したら火事になってしまう。だから倒れづらいというのは大事なことだ。確かに峰吉の言うように、そこは安心だと思う。だが……。蛇の頭の上に点《とも》る蠟燭……かなり奇妙である。はたしてこんな物を買う人がいるのだろうか。

巳之助は首を傾げながら峰吉の前を通り過ぎ、隣の部屋と仕切っている襖《ふすま》の前に立った。昨日はぴたりと閉まっていたが、今日は襖が少し開いている。

そういえば伊平次が酒屋の夜逃げの手伝いをするのは今夜だった。昨日と同じように、夜に備えて横になっているのだろうか。だとしたら、大声を出したりして悪かったかもしれない。

　そう思いながら巳之助は襖の間からそっと隣の部屋を覗《のぞ》いた。やはり布団《ふとん》が敷いてあったが、そこに伊平次の姿はなかった。もぬけの殻だ。

「おい、峰吉、伊平次さんはどうした？」

「少し前に起きて、顔を洗いに出ていったよ。なかなか帰ってこないところを見ると、そのままどこかの店に、軽く何かを食べに行ったのかもね」

「ふうん」

　部屋の反対側の襖は開き切っているので、奥の座敷がよく見えた。今日も床の間に鮪助《しびすけ》はいなかった。

「昨日はもう少しで会えるところだったのになあ……」

　倒れている太一郎など放っておいて、鮪助を捜《さが》しに行くべきだった。

　肩を落としながら巳之助は踵《きびす》を返し、再び峰吉の前まで戻った。

「なあ、峰吉。皆塵堂に渡した蠟燭はどうなったんだ。五匁《もんめ》のやつ」

「あれなら今日の昼前に一箱売れたよ。もう一つの箱はまだ店に出ているけど、そのうち買う人が現れるんじゃないかな」

「今さらなんだが……俺の持っている百目蠟燭のうちの一本と、その残りの一箱を取り替えてくれないかな」

峰吉は燭台を取り付けた置物の蛇を磨いていたが、その手を止めて巳之助の顔を見た。

「どうして？」

「百目蠟燭を取り替えるのは難しいんだよ。これまでも大変だったけど、さすがに値の張る物だけあって、もうね、見向きもされない」

「だからって、百目蠟燭を五匁のやつと替えるのは駄目だと思うよ。そっちの方が安いからね。これまでは持っていた物よりも良い物と取り替えていったのに、それだと後ろへ下がることになる」

「まあな……」

峰吉の言うことはよく分かる。しかし百目蠟燭では先に進めないのだから仕方がないとも思う。

「取り替えに歩く場所が悪いんじゃないの。巳之助さんがいつも回っているような裏《うら》店《だな》とかじゃ無理だよ。大店《おおだな》とか、大きな料理屋を訪ねないと」

「そんなことは俺だって分かってるさ。だから昨日はここに五匁の方を置いた後で、まず千石屋に行ったんだ」

少し前まで円九郎が働いていた、富岡《とみおか》八幡宮の近くにある料理屋である。

「だけどあの店には、そもそも百目蠟燭と取り替える物がなかった。あそこはいったん潰《つぶ》れかけて、店で使っている皿とか壺《つぼ》とか料理道具とか、そういう物を売り払っている。それをまた集めて店を再開させているから、もう二度と手放す気はないそうなんだ」

「うん、なんか店主のお祖母さんの幽霊が憑《つ》いていたとかなんとか聞いた覚えがあるね。まあ千石屋は仕方ないかな。でもそれで諦《あきら》めてないで、別の店に行けばいい」

「もちろん行ったさ。その後は六連屋《むつらや》へ顔を出した」

前に皆塵堂で働いていた、連助《れんすけ》という男が店主をしている紅白粉《べにおしろい》問屋である。この連助は幽霊とか狐狸妖怪《こりようかい》とか、そういった類《たぐい》の話をまったく信じないので、太一郎とは馬が合わない。しかしその点を除けば、決して悪いやつではなかった。頼み込めば嫌々ながらでも動いてくれる、扱いやすい人間だとも言える。だから、きっと連助なら百目蠟燭を何か良い物と取り替えてくれるはずだ、と思ったのだが……。

「だけど、連助のやつは店にいなかったんだ。まあ大店の主《あるじ》ってのは人付き合いが仕事みたいなものだからな。外にいることが多いみたいだ。それで、俺の相手として出てきたのは六連屋の番頭さんだったんだが、こいつは有能だけど冷たい野郎でね。

『そんな物はいりません』の一言で追い出されちまったよ」

「ふうん。他に巳之助さんが知っている大店は……」

「思い付くところはすべて回ったよ。どこも駄目だった」

「だったらさ、もういっそのこと、大和屋に行けばいいと思うよ」

「峰吉、お前……」

そこは峰吉の妹のお縫が養女になっている札差《ふださし》だ。つまり、お志乃が女中をしている店である。

「……そこが一番駄目な場所じゃねえか。もし大和屋へ行って、お志乃さんが出てきたらどうするんだよ。『あら、巳之助さん、何をしていらっしゃるの?』などと訊《き》かれたら、なんて答えりゃいいんだ」

「それは、いらぬ心配ってやつだね。巳之助さんの相手なんかしないと思うよ」

「ううっ……」

分かっていることだが、酷《ひど》い小僧だ。

「正直、おいらは百目蠟燭で勝負をかけてもいいと思うんだよね。あの小箱に十分見合うくらい値が張る物だし、それが二本もあるんだからさ。もう取り替えなくてもいいんじゃないかな」

「うむ。俺もそうしようか悩んだ。だけど相手はあの鳴海屋のご隠居だから、もっと上の、それこそご隠居が「おおっ」と唸《うな》るような物が欲しいんだよ。それに始まりが藁人形だったろう。百目蠟燭ではないけど、丑《うし》の刻《こく》参りには蠟燭を使う。繋《つな》がりみたいなのがあるから、ご隠居の印象が弱まりそうな気がするんだよな。あまり驚きそうにないというか」

「それはさすがに考え過ぎだと思うけどな」

峰吉は呆《あき》れたように首を左右に振りながら、はあ、とひとつため息をついた。それから目を店土間へと向けた。

「まあ、巳之助さんがどうしてもって言うなら五匁の蠟燭の箱と取り替えてもいいけどね。あるいは、他の何かと……ううん、いいのがないなあ」

巳之助も店土間へと目を向けた。しかし手頃な物は見当たらなかった。この皆塵堂にある古道具の中でそれなりに値が張りそうな物を探そうとすると、どうしても箪笥《たんす》みたいな大物になってしまう。さすがにそれは無理がある。

「やはり蠟燭の箱と……うおっ」

店土間の天井の辺りで何かが動いたので、巳之助は驚いて声を出してしまった。慌《あわ》ててそちらに目を向けると、白茶の塊《かたまり》が梁《はり》の上を歩いていた。それは壁際《かべぎわ》まで行くと店土間の箪笥の上に飛び降り、そこからまた軽い動きで作業場の床の上に降り立った。

言うまでもなく、鮪助である。

「お、お前……あんな所に……」

「鮪助はさ、前はよく奥の座敷の床の間で寝ていたけど、この頃はあの梁の上にいることが多いんだよね。多分、円九郎さんがちゃんと働いているかどうか、見張っているんだと思うよ」

「え？　と、いうことは、昨日も一昨日も、その前の日も……」

「古道具の買い付けで外に出ていたから昨日は知らないけど、一昨日とその前の日に巳之助さんがここに来た時には、鮪助は梁の上にいたよ」

「教えてくれよおおお」

巳之助は改めて思った。酷い小僧だ。

しかし一方で巳之助は、これは自分も悪いのだ、とも思っていた。すぐ近くに猫がいたのに、その気配に気づけなかった。俺はまだまだ猫好きとしての修業が足りない。

「……まあ、何でもいいや。とにかく鮪助、久しぶりだな。お願いだからお前の体を撫《な》でさせてくれ」

巳之助は片膝をついて体を低くすると、両手を前に差し出した。

鮪助が近づいてくる。その体が巳之助の手に……触れようとする寸前に鮪助は向きを変え、峰吉の方に歩いていった。

「あ、あれ？」

鮪助は峰吉の前に置いてある置物の所で止まった。何をする気だろうと思っていると、鮪助は前足でその置物を二度ほどつつき、それから「にゃあ」と鳴いた。

「おおっ」

巳之助は感動した。鮪助の鳴き声を聞いたのは久しぶりだ。

思わず涙ぐむ巳之助を尻目に、鮪助は再び歩き出した。隣の座敷を通り抜けて奥の座敷へ。そして開け放たれている障子戸から外へと出ていった。今度こそ本当に、近所の見回りへと行ったらしかった。

「……あの鮪助が鳴いたぜ。いやあ、びっくりしたなあ。どうするよ、峰吉。赤飯でも炊くか」

「いや別に、めでたくはないから。だけどあの鮪助がこの置物をつついたのは少し気になるかな。どういうことだろう。もしかして、取り替えるならこれにしろって言いたかったのかも」

「えっ、その置物と?」

鮪助が動いたのは、百目蠟燭と取り替えられそうな物を探して店土間を眺《なが》めていた時だった。だから峰吉が言うのは正しいのかもしれない。

だが、頭に燭台を載せた蛇の置物など、誰が欲しがるというのか。

「ううむ……」

「大きい燭台だから百目蠟燭も立てられる。火を点《つ》けたら面白い感じになるんじゃないかな。神々しいというか」

「俺は禍々《まがまが》しいと思うが」

悩みどころだ。二本ある百目蠟燭のうちの一本を、この置物と交換していいものかどうか。他ならぬ鮪助の勧めではあるが……。

「……そもそもさ、その蛇の置物はどうやって手に入れたんだ。誰かが売りに来たのかい」

「ああ、これは昨日、おいらが外回りをしている時に押し付けられた物なんだよ。昨日は亀戸《かめいど》の方を歩き回ったんだ。それで、『古道具屋ですけど、いらない物はございませんでしょうか』って言いながら、とある家の戸を開けたらさ、広めの土間にたくさんの木彫りの置物が転がっているわけ。なんだこれは、と思いながら眺めていたら、奥からお爺《じい》さんがにこにこしながら出てきて……」

「ちょ、ちょっと待て。それは、まさか……」

「そのまさかだよ。巳之助さんから話には聞いていたけど、会うことがあるとは思ってなかった」

「そうか、とうとう峰吉も会っちまったか。あの源六爺さんに」

巳之助の知り合いの、下手糞《へたくそ》な木彫りの置物を作るのを道楽としている老人である。

「……と、いうことは、その蛇の置物は源六爺さんが作った物か。それに穴を開けちまうなんて、峰吉、お前、度胸があるなあ。それに、源六爺さんは自分が作った置物をやたらと人にあげちまうが、貰《もら》った人がそれを売るのは嫌がる人だぞ。それなのにお前、皆塵堂で売ろうと考えていただろう」

「だってここは古道具屋だよ。売るなと言うのが無理な話じゃないの」

「そうかもしれないが……」

源六爺さんの置物の中には、たまにどこかの御神木を使って作られた物が交ざり込むと聞く。金銭のやり取りをすると神罰が下るという話だ。

「……うむ、仕方がない。鮪助の勧めってこともあるし、俺が持っている百目蠟燭のうちの一本と、その蛇の置物を取り替えようじゃないか」

巳之助は店土間の方へと顔を向けた。蠟燭の入った風呂敷包みを円九郎が持っているからだ。

「はいはい、こちらでございますね」

どうやら円九郎は二人の話を聞いていたらしく、もう作業場の上がり框《かまち》の所にいて、風呂敷包みを開いていた。

「はい、どうぞ」

円九郎は蠟燭の箱を巳之助の方へ寄こした。受け取った巳之助は、さらにそれを峰吉へと渡した。

「うん、確かに取り替えたよ。この置物は巳之助さんの物だ」

峰吉はにんまりしながら置物を巳之助の方へ押した。値の張る百目蠟燭を皆塵堂に置いても売れるかは分からないが、それでもこんな置物よりはましだ、と思っているようだ。

「あとさ、巳之助さんは蛇の置物だと思っているみたいだけど、それ、源六爺さんが作った物だからね。そう思うのはちょっと甘いんじゃないかな」

「は？　いや、どこからどう見ても蛇だろう、これは」

「おいらもそう思う。だけど源六爺さんが言うには、それ、龍なんだってさ」

「ああ？」

巳之助は目をつぶり、頭に龍の姿を思い浮かべてみた。

もちろん絵でしか見たことがない。それでも案外とうまく思い描けた。

そこで巳之助はぱっと目を開け、再び源六爺さんが作った置物を見た。

「……なあ、峰吉。龍って、とぐろを巻くっけ？」

峰吉は、さあ、というふうに首を傾げた。

「確か、前足に光る玉みたいのを握ってた気が……」

この置物にはそんな物はない。そもそも、足が付いていない。

「あと、角と髭《ひげ》が生えていたような……」

それもない。のっぺりとした顔をしている。

「いやもう、これ、蛇ってことにしちまおう。さすがに『この龍と何かを取り替えてください』と言う度胸は、俺にはないぞ。笑われるに決まっているからな。下手したら正気を疑われる」

「巳之助さんの好きにしたらいいと思うよ。大事なのは、その置物と蠟燭を少しでも良い物と取り替えることでしょ。ご隠居様との約束の日はもう明日に迫っているんだから、急いだ方がいいよ」

「そ、そうだな」

巳之助は置物を抱え上げると、作業場の端に動いた。風呂敷に包むためである。しかしこれがなかなか難しかった。頭の上の燭台の部分が邪魔なのだ。無理をすれば包めないことはないが、形が悪くなってしまう。

悪戦苦闘していると、店先から伊平次の声が聞こえてきた。

「お、巳之助、来ていたのか。ちょうど良かった。お前に頼みがあるんだよ」

伊平次はずんずんと店土間を歩いてきて、作業場の手前で立ち止まった。

「とあるお方から、相談があるから来てほしいとお願いされているんだ。まあ、うちへの相談だから、多分その手の話だろうとは思うが、詳《くわ》しいことはまだ聞いていない。先方は今日の、日が暮れる頃に来てもらいたいと言っているんだ。だけど俺はほら、例の夜逃げの手伝いがあるだろう。それで一度は断ったんだよ。別の日にしてくれと。ところが、どうしても今日にしてくれと言って譲らないんだな。だから……」

「伊平次さん、すみませんが、その頼みは聞けません。俺はこいつを、とにかく素晴らしい何かと取り替えなければいけないのだから」

伊平次は巳之助が必死に風呂敷に包もうとしている置物を見て眉《まゆ》をひそめた。

「いつの間にか源六爺さんの下手糞な龍と入れ替わっているな。ああ、百目蠟燭も一本は残しているのか。だが、そいつと何かを取り替えようなんて思う人がいるのかね」

「きっといるはずですぜ。鮪助がそう言ったんだから」

「なんて言ったんだ？」

「『にゃあ』と」

燭台の部分まで包むのは諦め、そこは結び目の上に出すことにした。持つのに少し邪魔だが、包みの形はよくなったと巳之助は思った。

「……鮪助がそう言ったのなら、取り替えたのは間違いではないのかもしれないな。いや、分からねえけど。あいつは腹が減った時に鳴くことが、たまにあるから。だが、その置物に替えたのなら、なおさら俺の話を聞いた方がいいと思うぜ。なぜなら調べに来てほしいと言っているのが、ちょっと変わった仕事をしている人だからだ。もしかしたらその源六爺さんの置物にも興味を示すかもしれない」

「ふうん、変わった仕事ねえ……」

「それを……か？」

「深川西町《ふかがわにしまち》に住んでいる、辻浦卜仙《つじうらぼくせん》っていう人なんだけどな」

まず名前からして変わっている。だが、なんとなくそこから仕事が分かりそうだと巳之助は思った。

辻浦卜仙、などと名乗っている人がしていそうな仕事は……。

「辻占いをしている人かな。八卦見《はっけみ》か何かの」

「うむ。まあそんな感じだ。ただし八卦見ではなく、人相見《にんそうみ》の先生らしい。相手の顔を見るだけで色々なことが分かるそうだ。あと、辻で占うのではなく、家で仕事をしているみたいだな。なかなか評判の高い先生で、相談に来る人が引きも切らないという」

「だけど、幽霊とかその手のものは分からないんだな。ここに相談に来るってことは」

それなら太一郎の方が上だ。あいつに訊いた方が手っ取り早いから、自分がその先生に世話になることはないだろう。

「ううむ、きっと太一郎の持つ力とはまた別なんじゃないかな。とにかく客が次々と訪れるから、暮れ方までずっと仕事をしているそうだ。だから日が暮れる頃に来てほしいと言っているんだと思うぜ」

「ふうむ」

その人相見の所に行ってもいいかな、と巳之助は思った。まだ日暮れまでには間があるから、それまでは他の所を回れる。そこで良い物と取り替えられればいいが、駄目でも最後の砦《とりで》として人相見の先生の所があるというわけだ。

それに、もし別の場所でうまく取り替えられたとして、それがその先生の所でさらに良い物に替わる、なんてこともあり得る。客がたくさん来るのならきっと金も貯まっているに違いない。家に高そうな物がたくさんありそうな気がする。

「ええと、伊平次さん。そこには俺が一人で行くんですかい。それとも、また円九郎と一緒なのかな」

「それがだな……なんか、峰吉が行きたがっているんだよな。変わった物がありそうな家だからって」

峰吉へ目を向けると頷いていた。

確かにこの小僧なら興味を持ちそうな場所だ。しかもうまく取り入って、何らかの古道具を引き取ってきそうでもある。何しろ峰吉は、いったん外に出たら決して手ぶらでは帰らない小僧なのだから。

「……だけど伊平次さん、日が暮れた頃に行くとなると、帰りは間違いなく夜になりますぜ。早くても五つ頃になるかな。峰吉なら心配ないと思うが、あまり夜遅くに出歩かせるのはどうかと。世の中、物騒だから」

「だから巳之助に一緒に行ってほしいんだよ。そして帰りもここまで送ってきてもらいたいんだ」

「なるほど、分かりました。いいですよ。俺が峰吉と一緒に、その人相見の先生の家に行きましょう」

「おお、そうか。助かった。よろしく頼むよ」

「任せてください」

巳之助は大きく頷いた後で、ちらりと円九郎の方を見た。さっきまでは上がり框の所にいたが、今は店土間にいて、巳之助が崩した桶を積み直していた。

「……だけどそうなると、皆塵堂の留守番は円九郎がするってことになりますね。伊平次さんは夜逃げの手伝いに行くのだから」

案外とそっちを心配した方がいいのかもしれない。円九郎は以前、留守番中に畳《たたみ》を焦《こ》がし、それを鮪助のせいにしようとしたことがあるのだ。

「ううん、まあ、仕方ないだろう」

「そうですねえ……」

人相見の先生の家での仕事はなるべく早く片付けて、峰吉を皆塵堂に送ってこよう。巳之助はそう心に誓った。

二

辻浦卜仙の家は、思っていたよりはるかに大きかった。

初めは、どこかの大店の寮だろう、と思ったほどだ。周りを生垣で囲まれ、その中に母屋と広い庭、そして裏手の方に離れがあった。

残念なことがあるとすれば、すぐ西側に大名の下屋敷らしきものがあって、そこに生えている木々のせいで日当たりが少し悪くなっていることくらいだ。他に欠点は見当たらない。本当に立派な家である。

「これは間違いなく、たんまりと銭を貯め込んでいるね。きっと家の中の調度品も良い物をそろえているんだろうな。何か安く買い取れそうな物があればいいけど」

背伸びをして生垣の中を覗き込みながら峰吉が言った。口元は笑みを浮かべているが、目付きは鋭い。まるで獲物を狙う目である。

「巳之助さんも、それと何かが取り替えられればいいね」

「ああ、そう願いたいよ」

巳之助は手に提げている風呂敷包みに目をやった。

ここに来る前にあちこちの大店を訪ね歩いたが、結局どこも取り合ってくれず、いまだに源六爺さんの置物を持ち続けているのだ。

明日が清左衛門と約束した期日で、会うのは昼の八つ頃だ。しかし巳之助は朝から昼までは棒手振《ぼてふ》りの仕事があるので、明日は交換する暇がない。もしこの辻浦卜仙の家で取り替えられなければ、下手糞な龍の置物と、その頭に載せた百目蠟燭で勝負をかけることになる。

はたして清左衛門はそれで納得して、あの小箱をお志乃への贈り物にしてくれるだろうか。それとも……。

「……多分、笑うか呆然《ぼうぜん》とするかだな。ご隠居がこいつを見たらさ」

巳之助は顔の高さに風呂敷包みを持ち上げながら呟《つぶや》いた。

よくよく考えてみると、こいつはかなり間抜けな代物だ。蛇のような龍の置物、というだけでもそうなのに、峰吉の手によって頭に蠟燭を立てるように作り直され、間抜けさがさらに際立っている。これなら百目蠟燭二本の方がましだった。

だがそれでも、巳之助は蠟燭と置物を交換したことをまったく後悔していなかった。なぜならあの鮪助がそうするように勧めたからだ。猫好きとして、どこまでも鮪助を信じ続ける所存である。交換は間違っていない。きっとこの置物は、何か素晴らしい物と替わるはずだ。そうに決まっている。

「よし、峰吉。辻浦卜仙とやらに会いに行くぞ」

巳之助は力強く告げると、母屋の戸口がある方へと歩き出した。

戸口の前には男が一人立っていて、巳之助たちが近づくと「古道具屋の方でございますね。お待ちしておりました」と言って頭を下げた。

かなり若い男である。年は巳之助とさほど変わらない。つまり、二十四、五といったあたりだ。

「えっ、あなたが辻浦卜仙先生ですかい」

目を丸くしながら巳之助が訊《たず》ねると、男は笑いながら首を振った。

「いえ、私は先生の許で相学を学んでいる者でございます」

「あ、ああ、なるほど」

弟子のようだ。そんな者までいるらしい。さすが人気のある先生だけのことはある。

「先生より案内を申し付かっております。どうぞこちらへ」

弟子は戸を開けて中に入った。

巳之助と峰吉も続いて戸口をくぐり、卜仙の家に上がった。入り口からまっすぐに廊下が延び、左右に襖が並んでいる。料理屋のような造りだな、と巳之助は思いながら、先を行く弟子についていった。

二人が通されたのは家の北側にある部屋だった。客間ではなさそうだ。隅にぽつりと行灯《あんどん》が置かれているだけの、寂しい部屋である。外はともかく、家の中は少し薄暗くなっている時分なので、その行灯はもう点されていた。

「先生は今、本日最後のお客様とお話をされているところでございます。間もなく終わりますので、少しの間こちらでお待ちください」

弟子はそう言うと、丁寧に頭を下げて部屋を出ていった。

「ふうん。まだ人相見ってやつをやっている最中なのか」

弟子がいなくなるとすぐに峰吉がそう言い、閉じている障子戸を細く開けて庭を覗いた。

「多分、お客の相手をしているのは離れだろうね。明かりが点いているのが見えるから」

巳之助も障子戸の隙間から庭を覗いてみた。峰吉の言うように、離れの障子戸の向こうが明るかった。

「妙だな。障子に人影が映っていない」

巳之助は首を傾げた。離れに人がいるのに影が映っていないということは、行灯は人よりも障子戸に近い側に置かれているということになる。

「俺たちが通されたのは北側の部屋だろ。つまりここから見えているあの離れの障子戸は南側に面しているということだ。まだすっかり暗くなったというわけではないのに、そんな所に行灯を置くかな。つまり、南側の障子戸に近い場所にさ」

「置いても別に妙じゃないよ。人相見の先生なんだからさ。相手の顔がよく見えるように、自分はいつも日の入ってくる南側を背にしていると思うんだよね。夕方になって、薄暗くなったからそろそろ明かりを点けよう、となった時にも、いちいち場所を動かないと思うんだ。行灯は先生のすぐ横か斜め後ろに置いてあって、相手の顔を照らすようにしているんじゃないかな。だからあの障子に影が映っていないんだ」

「ふうむ」

峰吉の言うことは理に適《かな》っている。頭の働く小僧だ。

「まあ、俺たちにはどうでもいいことだな。人相を見てもらいに来たわけじゃないから」

「そうだね。早く仕事を終えてほしいけど……あっ、人が現れたよ」

峰吉の言うように、離れの陰から人が出てきたのが見えた。どうやら出入り口は向こうの北側にあるらしい。

姿を現したのは三人だ。どこかの商家のおかみさんと女中、そして下男といった感じだった。

巳之助たちがいる所からだと、離れの南側が正面に見えるだけで、横側は目に入らない。だからどれくらいの大きさの建物だか分からなかったのだが、その人たちが現れたのが思いのほか遠かったので、かなり奥行きがありそうだ。

そのまま眺めていると、今度は先ほど巳之助たちをこの部屋に案内した、卜仙の弟子が母屋の方から現れた。

「ふうむ、挨拶をしているな。お客様のお帰りだ」

弟子の男に見送られて三人が去っていく。しかし肝心の辻浦卜仙は姿を現さない。ずっと離れの中にいるようだ。

「おいおい、まさかまだ仕事が終わらないんじゃないだろうな」

やきもきしていると、廊下を近づいてくる足音が聞こえてきた。慌てて障子戸を閉めて、巳之助と峰吉は腰を下ろした。覗き見などという行儀の悪いことはしていませんよ、と澄ました顔で足音の主を待つ。

現れたのは卜仙の弟子だった。客を見送ってすぐにここへ来たようだ。

「お待たせいたしました。どうぞこちらへ」

どうやら辻浦卜仙は離れで待っているらしい。お前がこっちに来い、と思いながら巳之助はのろのろと立ち上がった。まったく面倒臭《くさ》い。

しかし峰吉はそう思っていないようだ。軽い足取りで部屋を出て、弟子の男のあとをついていく。待たされていた部屋には目ぼしい古道具がなかったから、早く離れの方に行きたいのだろう。峰吉らしいな、と巳之助はその背中を見ながら思った。

離れの戸口を入ると、まず板の間の小部屋があった。横に二間、奥に一間という、もし畳を敷いたら四畳の部屋だ。

そこを通り抜けて襖を開けると、かなり広い部屋に出た。横はもちろん二間だが、奥に長いのだ。こちらは畳が敷いてあったので数えてみると、なんと十八畳もある部屋だった。つまり奥に四間半という部屋だ。

その部屋の向こうの端、つまり南側の方に、一人の男がこちらを向いて座っていた。

「先生、お連れ致しました」

案内してきた弟子がその男に向かって言った。どうやら辻浦卜仙のようだ。

「うむ。お前は下がっていなさい。こちらで呼ぶまで入ってこないように」

部屋の中に威厳のある声が響いた。弟子は一礼すると、すぐに離れから出ていった。

「それがしが辻浦卜仙でござる。ようこそいらっしゃいました。どうぞこちらへ」

卜仙が言うので、巳之助は部屋に足を踏み入れた。峰吉も少し遅れてついてくる。近づくにつれて、卜仙の風貌などがよく見えてきた。案外と若い。まだ四十前後だ。

卜仙の前に置かれている文机《ふづくえ》が邪魔していたので離れた所からだと見えなかったが、近づいてみると、そばに脇差《わきざし》を置いているのが分かった。

文机の上には二つの物が置かれていた。一つは書物だ。多分、人相見について書かれているものだろう。

もう一つは、天眼鏡である。人相見が使う大きな凸《とつ》レンズのことだ。

他に部屋にあるのは、行灯だけだった。峰吉が考えた通り、卜仙の斜め後ろに置かれている。火袋の部分が大きく、しかも円筒形になっている、珍しい形の行灯だ。

「ええと……皆塵堂でございます。何やらご相談があるということでございましたので伺《うかが》いました」

相手がどうやら武士のようなので、巳之助は丁寧な言葉遣《づか》いをした。江戸には武士がたくさんいるので、苦手ではあるが一応こういう喋《しゃべ》り方もできるのだ。

「うむ。そのように畏《かしこ》まらず、楽にしてくれて結構……と、言うか、頼むから楽にしてくれ。俺の方が疲れるから。一日中ずっと人相見の仕事をしていたせいで、肩が凝《こ》っているんだ。足もくたびれたし。ちょっと崩させてもらうよ。人相見のお客の前では無理をしているものでね」

「は、はあ？」

急に卜仙の威厳がどこかへ吹き飛んでいった。

「あ、あの……お武家様でございますよね」

「一応な。祖父の代からの浪人者だよ。祖父が何をやって糊口《ここう》を凌《しの》いでいたかは知らんが、親父は手習《てならい》の師匠なんてことをして食っていた。しかし子供相手で大変そうだったので、俺はその仕事をやる気がなくてね。それでどうしようかと考えながらぶらぶらしていたところを、人相見の先生に拾われたんだよ。『筋のよさそうな顔をしている』とか言われてさ。本当かよと思ったが、他にすることもないので、その人の許で相学ってやつを学んだんだ。そうしたら本当に筋がよかったみたいで、あれよあれよというちに評判になり……今に至るというわけだ。どうだ、凄《すご》いだろう」

「え、ええ……」

確かに、胡散《うさん》臭さが凄い。この卜仙の人相見は本当によく当たるのだろうか。

巳之助は戸惑いながら、首や肩を回している卜仙を見つめた。

「……ふむ。少し体がほぐれたかな。それではさっそく相談を……と言いたいところだが、せっかくご足労いただいたんだから、その前にお前さんたちの人相を見てやろう。銭は取らないから心配はするな。それでは、順に俺の前に座ってくれ」

「あっ、いや、結構でございますよ。どうせ女難の相が出てるとか何とか言われるだけだから」

人相見の先生でなくとも、そんなのは巳之助の顔を一目見れば分かることだ。

「せっかくだから、おいらは見てもらおうかな」

峰吉が文机の前に座った。

「まずは小僧さんからか。どれ……」

卜仙は文机の上の天眼鏡を手にすると、峰吉の顔を覗き込んだ。

「……うむ、随分と利口な小僧さんだな。それに手先が器用だ。物を作る仕事に向いている。しかし……商売の才もあるようだ。参ったな。ここまで万能な顔はなかなか見ないよ。あえて言うなら、あまり味には細かくないから、料理を作る仕事は向かないかな」

「おおっ」

巳之助は感嘆の声を上げた。怖いほど当たっている。この人相見の先生は本物だ。これはさすがの峰吉も目を丸くしているに違いない。その顔を見てやろうと思い、巳之助は横に動いて、覗き込むようにして峰吉を見た。

ところが峰吉は、いつもと変わらぬ顔をしていた。微塵《みじん》も驚いていない。

「だからおいら、古道具屋の小僧をやっているんだよ」

峰吉はそう言うと立ち上がり、卜仙の斜め後ろにある行灯に近寄っていった。

「これ、遠州《えんしゅう》行灯ってやつですよね。見せてもらっても構いませんか」

「あ、ああ……」

むしろ卜仙の方が面食らっている。どうやら峰吉は、誰よりも己《おのれ》のことを分かっている小僧のようだ。人相見いらずである。

「巳之助さん、これは遠州行灯と言ってね、この火袋の所が回るようになっているんだよ。油を注ぎ足す時などは、そうやって開け閉めするんだ。筒形だから部屋のどの方向も同じように照らすし、火袋が大きいから他の行灯と比べて明るい。ここにあるのは少し年季が入っているみたいで、朱塗りになっている土台や枠の木に所々汚れが付いているけど、それでもすごくいい行灯だと思うなあ」

明らかに峰吉は、卜仙の人相見にはもう興味を失っている。道具を見ている方がいいらしい。巳之助の中で峰吉は「人相見殺し」に格上げされた。

「卜仙先生、この行灯はどこで手に入れたのですか。やっぱり古道具屋かな」

「あ、いや……それはこの近くの呉服屋の主からいただいた物だな。人相見のお蔭で商売がうまくいったから、そのお礼ってことだった」

「呉服屋さんにあった物かあ」

峰吉は楽しそうである。卜仙はそんな小僧をしばらく呆然とした顔で眺めた後で、巳之助へと顔を向けた。

「え、ええと……そ、そうだ。次はお前さんを見てやろう」

「いや、さっきも言ったように、俺は……」

「女難の相なんて出ていないぞ」

「えっ、さ、左様でございますか」

それなら見てもらってもいい。巳之助は文机の前に座った。

「だったら、よろしくお願いします」

「うむ。それでは……」

卜仙は巳之助の顔の前に天眼鏡を掲げた。

「うわっ、びっくりした。お前さん、随分と顔が大きいな。わざわざ天眼鏡なんか使うことなかったよ。天眼鏡いらずだね、お前さんは」

「卜仙先生……」

そんなのは巳之助の顔を一目見れば分かることだ。

「いつもの癖《くせ》で天眼鏡を覗いてしまっただけだ。そんな呆れた顔をするな」

卜仙は、今度は天眼鏡を使わずに、巳之助の顔をまじまじと見た。

「先生……俺に女難の相が出ていないっていうのは本当ですかい」

「ああ、もちろん本当だ。女難というのは、女から何らかの災難を受けるということを言う。しかしお前さんは、そもそも女に縁がないだろう。特に若い女に。だから災難を受けようがない」

「卜仙先生、それは……」

もはやただの悪口である。

「だけどね、お前さんは鬼のようなご面相だが、決して悪相というわけではないよ。お前さんに相応《ふさわ》しい女が必ずいるから、あまり心配することはない。それと、お前さんはかなり運が強い男だ。見守られているというか、気に入られているというか……だから何か欲しい物があった時などには、それを得ることを強く願い、その実現のために誠意を尽くし、全身全霊を籠《こ》めて突き進んでいけば、たいていの物は手に入れられるんじゃないかな」

「お、おお、卜仙先生……ありがとうございます」

巳之助の中で卜仙の株が上がった。

やはり俺は神様運が強いのだ。ならばこのまま突き進むべし。きっと最後にはあの小箱に見合うだけの物を手に入れられるはずだ。

巳之助は、この場所にもしっかりと持ってきている風呂敷包みへと目を向けた。卜仙にこの置物と何かを交換してくれ、と頼もう。もちろんその前にしなければならないことがあるが……。

「……ええと、卜仙先生。そろそろ先生の方の相談というやつをお伺いしたいのですが」

「お、そうか」

卜仙は振り返ると、南側に面した障子戸の方を見た。初めに襖の向こうからこの部屋を見た時には、卜仙は南側の端にいると思ったが、こうして近寄ってみると背後にかなり余裕があった。卜仙の座っている所から障子戸まで一畳半ほどの間がある。

「もう外はすっかり暗くなっているな。それなら、そろそろ話してもいいだろう。相談を受ける立場の人相見が、反対に他の者に相談をするなんて不思議に思われるかもしれない。しかし、俺ではどうしようもないことなんだ。人相見は相手の顔を見ないと始まらないからな」

「へ、へえ……」

つまり、顔が見えない相手だということだ。皆塵堂に相談しているのだから初めから分かっていたが、やはりその手の話だった。

「……首が取れてるとか、腰から下しかないとか、足だけとか、そういうことでしょうかね」

「いや、体はすべてそろっていると思う。どこも欠けていないんじゃないかな。ただね、影でしか見えないんだ。あの南側の障子に映るんだよ」

卜仙はすっと立ち上がると障子戸の方に歩いていった。

「お前さんたちを初めに通したのは、いつも俺が寝所にしている部屋でね。今日は布団などを他の部屋に移しておいたから、がらんとしていただろうけど」

卜仙は障子戸を開けると、腕を上げてその部屋を指差した。

「ちょうどこの正面にある部屋なんだよ」

巳之助は黙って頷いた。待っている時にこちらを覗いていたから知っている。

「俺はだいたい今時分までこの離れで人相見の仕事をして、その後は向こうの部屋に移るんだ。晩飯はあまり食わずに、酒をちびちび飲みながら書物に目を通したり弟子と話したりして、そのうちに眠くなってきたら布団に横になるっていう暮らしをしている。だから夜の五つか、五つ半くらいには寝ちまうんだ。もちろんその分、朝早くから動き出しているけれどね」

「へえ……」

何とも羨《うらや》ましい暮らしだ、と巳之助は思ったが、よく考えてみると自分もあまり変わりはなかった。晩飯と酒の量が多く、書物ではなく猫を目で追い、話す相手が太一郎、という違いがある程度だ。

「で、向こうの部屋でさ、横になって眠ろうとすると、なんとなく障子の向こうが明るくなるんだよ。この辺りは静かな場所で、特にうちは町の端で隣は木々の生い茂る武家屋敷だから、夜に月明かり以外の光が現れると目立つんだ。障子越しでもすぐ分かる。それで気になって障子戸を開けると、正面に見える離れの障子……つまりこの障子に内側から明かりが差しているんだ」

卜仙は、自分のすぐ前にある障子戸を軽く叩《たた》いた。

「先生、内側からっていうのは、今、俺たちがいるこの部屋の中からの明かりってことでいいのかな」

「そうだ」

「行灯の明かりですよね」

「うむ。小僧さんが熱心に眺めている、その遠州行灯の明かりだろうね。だけど、人相見の仕事を終えてこの部屋を離れる時には、行灯の火は当然のように消して出ていくよ。もし消し忘れていたとしても、向こうの部屋にいれば分かるし」

「ふうむ」

気づく直前に点いた、ということだろう。

「それでだね……なぜ点いているのだろうと首を傾げて眺めていると、その障子に人影が映るんだ。それも二人分。まず現れるのは女の影だ。これは体つきや髪の形で分かる。初めに障子全体がぶわっと暗くなって、その後で次第に影が小さく濃くなっていって女の形を作る」

つまり行灯のすぐ近くから障子の方に向かって動いてきたということだろう。

「次に現れるのは男の影だ。これも初めは大きくて、徐々に小さく濃くなっていく」

やはりこちらも同じように、行灯の方から障子へと近づいたに違いない。

「男と女ねえ。まったく、何をやっているんだか」

巳之助は、ちっ、と舌打ちをした。

「いや、お前さんが考えているような楽しいことではないな。どうやら女が男に追われて、逃げているようなんだよ。ところが女は転んでしまう。で、倒れたまま半身になって、男の方に向けて片手を上げるんだ。『やめてくれ』という動きだよ。しかし男はそんな女に向けて刀を振り上げ……ああ、言い忘れていたが、男は刀を持っているんだ。そいつを振り上げると、女はくるりと体を捻《ひね》り、四つん這いになって逃げようとする。しかし男は、女の背中に向けて容赦《ようしゃ》なく刀を振り下ろす……」

「うええ」

「その途端、ばばばっ、と障子に血が吹き飛ぶんだ。もちろん向こう側にだよ。俺はあっちの母屋の寝所から見ているんだから。男と女は影だけど、血の色はよく分からない。障子が赤く染まったような気もするし、やはり影のように黒かった気もする。まあとにかく血が飛び散り、『うわっ』と思うと同時に、明かりが消えて障子の向こうが暗くなるんだ」

「は、はあ……」

「まあ、だからと言って、それで終わりにするわけにはいかないよな。必ずしも幽霊とは限らないのだから。本当に女が斬られたのかもしれない。そして、女を斬った男が血刀を下げてうろついているかもしれない。だから確かめに行かなければならない。それで、弟子を呼んで見に行くわけさ。ああ、さっきお前さんたちを案内した者の他にも弟子はいるんだけどね、すべて集めて、みんなで行く。なるべく明るくしたいから弟子たちには燭台を両手に一つずつ持ってもらい、俺は手にした刀の鯉口《こいぐち》を切って離れに入るんだ。そしてこの部屋の襖を開けると……」

「ど、どうなんですかい」

「何もない。文机と、明かりの点いていない行灯が置かれているだけだ。障子はもちろん、床や壁も綺麗なものだよ」

幽霊の仕業である、ということが確かめられてしまったわけだ。

「まあ、そんなことが月に一度は起きるんでね、参っていたところ、その手の相談に乗ってくれる古道具屋があるという話を耳にしたので、こうして来てもらったんだ」

「ふうん……毎日じゃなくて良かったですね」

他に掛ける言葉が思い浮かばなかったので、巳之助はそう言って卜仙を慰めた。

「うむ。不幸中の幸いだな。月に一度で済んでいるから我慢していられる。それに夜にしか起こらないから人相見の仕事もこの部屋で続けられている。もし毎日で、しかも昼間にも何かあったとしたら、とっくに引っ越していただろう」

もし自分だったら、たとえ昼間でもそんな所で仕事をするのは嫌だ。巳之助はそう思いながら部屋を見回した。峰吉は遠州行灯のそばを離れ、今度は文机を熱心に眺めている。この小僧は平気そうだ。

「別に引っ越すまでのことはしなくても、この離れじゃなくて他の部屋を使えばいいではないか、と思うかもしれない。母屋の方も広いからね。だけどこの離れは俺が、人相見の仕事をするための場所としてわざわざ造ったんだ。だからよほどのことがない限り、動きたくないんだよ。三代続いた浪人暮らしのせいか、貧乏性なんだ」

「へ、へえ。十分によほどのことだと思いますけどねえ」

「まあとりあえず、この家で起こっていることに関してはすべて話した。何か聞いておきたいことはあるかい」

「ふうむ……」

巳之助は眉根《まゆね》に皺《しわ》を寄せた。

実は、気になっていることが一つあった。伊平次の話によると、卜仙は「どうしても今日にしてくれ」と言って譲らなかったらしい。だから夜逃げの手伝いがある伊平次に代わって自分が来ることになったのだ。と、いうことは……。

これは正直、聞くのが怖い。だが、聞かねばなるまい。

「起こるのは月に一度だとおっしゃっていましたよね。それは、いつと決まっているのでしょうか」

「ああ、必ず新月の晩に起こる」

「ふうん。ええと、今日は何日でしたっけ」

「一日だな。新月だ」

「……へえ」

思った通りだった。そうなると新たにもう一つ聞かねばならないことが現れる。

「あのう、卜仙先生。我々を呼んだのは、あくまでも『相談』のためですよね。まさかこの部屋に出るものを、障子越しではなく直《じか》に見せようとしてはいませんよね」

「いや、そのつもりだった。そういうお願いはできないか、という相談だ」

卜仙は少し申しわけなさそうな顔で言った。

「幽霊が出るのは困るから何とかしたい。さてどうしたらいいか。俺は人相見だから、相手の顔を見れば何か分かるのではないか……と、考えたわけだよ。しかし相手は幽霊だ。はっきり言って怖い。一応、俺は武士だが、それでも怖いものは怖いんだ。そこで、この手のものに慣れているという皆塵堂の者に幽霊の人相を見てもらおう……というお願いをしようと思って呼んだんだよ。まあ、そういうわけで、よろしく頼む」

「卜仙先生……」

どう考えても卜仙が直に見た方がいい。百歩譲っても弟子だろう。本当に困った相談である。

さすがにこんな仕事を小僧の峰吉にさせるわけにはいかないから、やるとしたら自分だ。もし仮に相手の人相を見ることができたとしても、それをうまく卜仙に伝えられるとは思えない。この卜仙の提案には無理がある。

それにはっきり言って怖い。俺は体が大きく顔も厳《いか》ついが、それでも怖いものは怖いのだ。だが……。

巳之助はその手に持っている風呂敷包みを見た。

今、自分には欲しい物があり、それを得ることを強く願っている。だから誠意を尽くし、全身全霊を籠めて突き進んでいかねばならないのだ。

「卜仙先生、分かりました。この俺が、幽霊の面《つら》を拝んでやりますよ」

巳之助はきりりと引き締めた顔を卜仙に向け、強く、大きく頷いた。

三

巳之助はたった一人で離れの広い部屋に寝そべっている。

真っ暗である。行灯の明かりが点るのが幽霊の出る時の合図みたいなものだから、点けておくわけにはいかないのだ。新月の晩なので、鼻先で自分の手をひらひらと振っても見えないほどの暗闇だった。

もう夜の五つを過ぎている。幽霊がいつ出てもおかしくはない。だから当然怖い。震え上がるほど恐ろしい。だが、それなのに巳之助は、かすかな眠気を感じていた。

この部屋で卜仙と話した後、巳之助は再び母屋に連れていかれた。幽霊が出るまで間があったので、そこで晩飯を振る舞われたのだ。卜仙の晩酌の付き合いもした。本人も言っていたように卜仙はさほど食わずに、酒もちびちびとやるだけだったが、巳之助はたらふくいただいた。それで、少し眠くなっているのだ。

峰吉はと言うと、さすがに大人たちの酒に付き合ってはいられないということで、巳之助たちがいるのとは別の場所にいた。弟子の一人と一緒に、外に飯を食いに行ったのだ。再び顔を見せたのは、巳之助がこの離れに移る少し前だった。やはり美味《うま》い物をたらふくいただいたようで、部屋に入ってくるとすぐに仰向けに寝そべり、満足そうに腹をさすっていた。

――まったく峰吉のやつ、呑気《のんき》なものだな。羨ましいぜ。

巳之助が離れに移る時に見ると、峰吉は寝息を立てていたのだ。

もういっそのこと俺も寝ちまおうかな、と考えながら巳之助は目をつぶった。

もちろん本気で眠る気はない。怖いが、それでも自分は幽霊を見なければならないのだ。そうして卜仙に幽霊の人相を伝える。それができたら、あの置物と何かを交換してくれと卜仙に頼もう。きっと卜仙は承知してくれるに違いない。

だから寝てしまってはいけない。酒のせいで眠いが、我慢するのだ。自分は……幽霊の顔を見て……それを……。

巳之助は、はっと目を開けた。驚いたことに、部屋の行灯が点っていた。

ほんの短い間だと思うが、眠ってしまったらしい。明かりが点いたのはそのわずかの間のことだ。

巳之助は慌てて体を起こした。南側の障子戸から一間半くらい離れた所に行灯は置かれている。巳之助が寝そべっていたのは、そこからさらに一間ほど北側に動いた場所だ。

障子戸に映った影を卜仙は寝所から見た。つまり幽霊は、障子戸と行灯の間に現れたということである。

体を起こした巳之助からは、その場所が正面に見えている。幽霊は……いない。

卜仙の話では、初めは離れの部屋が明るくなっていただけだった。影が現れたのはその後だ。そうなると幽霊は、最初は行灯の向こう側にいたということになる。

それは、今の巳之助からだと背中の方向である。眠っていたのが本当に短い間だったとするなら、まだ幽霊はそちらにいるのかもしれない。

巳之助は、ゆっくりと後ろを振り返った。そして、その先にある光景を見て、思わず悲鳴を上げてしまった。

卜仙が言っていたように、男と女が確かにいた。だが、部屋にいたのはそれだけではなかった。二人の向こうにも大勢の女がずらりと並んで座っていたのだ。

卜仙が見た影は二人だったが、それは行灯を越えて南側に行ったのがこの中の二人だけだったということのようだ。

悲鳴を上げた後で、巳之助はばたばたと足を動かし、尻を擦《こす》りながら逃げた。行灯の横を通り抜け、南側の障子戸の方へと下がっていく。

――あれ？

巳之助は、あることに気づいた。部屋の中にいる幽霊たちが、誰一人として巳之助の方を見ていないのだ。そういえば先ほど悲鳴を上げた時にも、巳之助へと目を向けた者はいなかった。

巳之助は動きを止めて、幽霊たちの様子を見た。

男は一人だけだ。行灯の少し向こう側、この広い部屋の真ん中辺りに立っている。年は四十前後だろうか。武士ではない。真っ当な仕事をしている町人にも見えない。抜き身の長脇差を握って、自分の前に倒れ込んでいる女を見下ろしている。

その女は、まだ刃物で斬られてはいなかった。しかしだいぶ殴られたと見えて、顔が腫《は》れ上がっている。そのため年はよく分からない。

どうやら商売女のようだ。それも、かなり安い銭で男の相手をする遊女である。

二人の向こう側に居並ぶ女たちも同様だ。みな倒れている女と似たようななりをしている。それに、みな怯《おび》えたような表情をしている。あまりいい扱いを受けていないのは一目瞭然である。

そうなると、男はこの女たちを使っている雇い主といったところだろう。

――はああ、なるほどねえ……。

巳之助は眉をひそめた。恐怖が和らぎ、代わりに怒りの感情がむくむくと湧き上がってくる。むろん、男に対してだ。

その男が、倒れている女を蹴りつけた。女が己の身を庇《かば》うように体を丸める。すると今度は、男が上から女を踏み付けた。

男の口が動いている。女に向かって何か言っているようだ。しかしその声は巳之助には聞こえなかった。多分、倒れている女は呻《うめ》き声を上げているだろう。後ろにいる女たちも、何らかの声を漏《も》らしているかもしれない。しかしそれも巳之助には聞こえない。音というものが一切耳に入ってこないのだ。

男が手にしている刃物を振り上げた。倒れていた女はそれを見てぱっと立ち上がった。小走りで男から逃げていく。

刃物をいったん下ろして、男がそのあとを追いかけていく。女は行灯の向こう側へと回り込んだ。

男も行灯を回り込んだ。しかしそこで足がもつれ、再び床の上に倒れてしまった。

女は半身になって、「やめてくれ」というように男の方に向けて手を上げた。しかし男は無情にも、再び刃物を振り上げた。

女が体を捻り、四つん這いになって逃げようとした。しかし男は容赦なく、その女に向けて刃物を一気に振り下ろ……さなかった。

女の前に立ちはだかった者がいたのだ。巳之助である。

男は刃物を上げたまま動きを止めていた。どうやらこれまで見えていなかった巳之助の姿が、ここで初めて目に入ったようだ。驚いた顔で巳之助を見ている。

男の口が動いた。多分、「てめえ、何者だ」とか「どこから現れやがった」などと言っているのだろう。しかし声はやはり巳之助の耳に届かなかった。

「聞こえねえよ、こらぁ」

巳之助は大声でそう言うと、男の方へ向かって大股《おおまた》で歩き出した。相手が刃物を持っていようとお構いなしだ。広いと言っても所詮《しょせん》は部屋の中なので、すぐに男の目の前まで迫った。

男が巳之助に向かって刀を振り下ろした。

同時に巳之助は男の懐《ふところ》に飛び込んだ。左腕は斬りつけてくる男の腕を振り払う動きを、そして右腕は男の顔を思い切りぶん殴る動きを取る。

しかしどちらの腕も空を切った。男の姿が消えたのだ。えっ、と思った途端、部屋の明かりも消えて、部屋は再び真っ暗になった。

勢いがついていたので、巳之助は畳の上に転がってしまった。

「どこに行きやがった、こらぁ」

すぐに立ち上がり、握り締めた両の拳《こぶし》を振り回しながら部屋の中を動く。しかしその手には何も触らなかった。

代わりに脚に何かが当たった。文机のようだ。向う脛《むこうずね》をしたたかにぶつけた巳之助は、うっ、と呻いてその場に座り込んだ。

「おおい、皆塵堂さん、無事かい」

離れの出入り口の方で辻浦卜仙の声がした。戸を動かす音が聞こえ、それからすぐに部屋の襖が開いた。

卜仙だけでなく、燭台を両手に持った弟子たちも入ってきた。部屋の中が照らされる。あの男も、そして女たちの姿もなかった。

四

遠州行灯に明かりが点された。

巳之助は離れの部屋の中を改めて見回した。五つ前に部屋に入った時と様子はさほど変わっていない。文机の場所が巳之助に蹴られたせいで動いているだけだ。

その文机を見ながら巳之助は首を傾げた。そういえばあの男や女たちが現れた時、部屋の中に文机はあっただろうか。なかった気がするのだが、あまりよく思い出せない。

「さっそくだが、ここで見た者たちの人相を教えてもらいたい。忘れないうちに聞いておきたいのだ」

辻浦卜仙が巳之助に訊ねた。

「……あれ？」

巳之助はますます首を傾げた。これもまた、よく思い出せなかった。男は下卑《げび》た笑いを浮かべた気がする。倒れた女は顔が腫れていたはずだ。後ろの女たちは怯えた様子だったのではなかろうか。

そういう印象だけは残っている。だが、それぞれがどういう顔をしていたか、細かく思い出そうとしてもぼんやりとしか浮かんでこなかった。

「す、すまねえ、卜仙先生。覚えてねえや」

「ほんの少しでもいいのだがな。目が細かったとか、団子っ鼻だったとか、顎《あご》ががっしりしていたとか……」

「どうだったかな……」

巳之助はあの幽霊たちの顔を必死に頭に浮かべようとしたが、駄目だった。思い出そうとすればするほど、顔の部分が薄れていく。もはや、のっぺらぼうだ。

困っていると、離れの出入り口の方から呑気な響きを持つ声が聞こえてきた。

「ああ、なんかすっかり寝ちゃったなあ。おいらも障子に映る影ってやつを見たかったのに」

峰吉があくびをしながら部屋に入ってきた。

「卜仙先生、どうなっていますか。巳之助さんはちゃんと相手の顔を覚えていましたか」

「いや、それが……」

「ふうん。でも、幽霊の人相見をしたところでどうなるというものでもないと思うから、別にいいんじゃないかな」

「だからと言って他には手の打ちようが……」

「その行灯を置かなければ幽霊は出なくなりますよ。それに憑いているんだから」

峰吉は遠州行灯に近づいていった。

「お、おい、峰吉。適当なことを抜かすんじゃねえぞ」

巳之助は顔をしかめた。もしそれが本当だったら腹が立つ。俺はいったい何のために怖い思いをしたのか。脛を打って痛い思いもした。それらがすべて無駄になる。

「残念ながら、適当じゃないんだよね。おいら、巳之助さんたちがお酒を飲んでいる間、お弟子さんと一緒に外へ飯を食いに行っただろう。その時にさ、ついでにこの近所にある呉服屋さんに連れていってもらったんだよね。人相見がよく当たって商売がうまくいったお礼として、この遠州行灯をくれたって人の所に」

「はあ？」

そういえば、卜仙がそんなことを言っていた気がする。峰吉の方から卜仙に訊ねたことだったと思う。

「で、いろいろと話を聞いたんだ。どうやらその行灯は、元々は女郎屋にあったらしいよ。おいらはまだ小僧だから、呉服屋の旦那さんは言葉を濁してたけど、なんか、その女郎屋の主人は酷い人で、店で使っている女の人をよく折檻《せっかん》していたみたいなんだ。まあ、ああいう店にいる女の人はお客から変な病気を貰うことがあるからさ、それで休みがちになって、稼ぎが悪くなる人も出てくるよね。きっとそういう人に折檻を加えていたんじゃないかな。殴ったり、蹴ったり……もしかしたら刃物を使って、うっかり殺しちゃった、なんてことがあったかもしれない。怖いよね」

「う、うむ。確かに」

まだ小僧のくせに、そんなことに妙に詳しい峰吉が怖い。

「そんな主がやっている店だから、結局その女郎屋は潰れちゃったんだって。呉服屋の旦那さんは、そこにあった遠州行灯を手に入れたんだ。そんな形の行灯が欲しくて探していたみたい。知り合いの古道具屋さんを通して買ったらしいよ。道具の素性はちゃんと聞いたけど、さすがに幽霊が憑いているとは思ってなかったようで、おいらたちの話を聞いてびっくりしてたよ」

「ああ？　ひと月ほど使えば分かることだろう」

「そうだね。つまり呉服屋の旦那さんは使っていないんだ。初めから卜仙先生へのお礼の品にしようと思って行灯を探していたんだよ。多分、卜仙先生が人相見をした時に言ったんじゃないかな。明るい行灯が欲しいって」

峰吉は卜仙の顔を見た。

「あ、ああ。ここは西側が大名の屋敷だ。下屋敷だから木がたくさん茂っていて、夕方は早く日が翳《かげ》ってしまうんだよ。だからすべてのお客を捌《さば》き切る前に、どうしても行灯を点ける必要が出てくる。相手の顔をよく見なければならない仕事だからな。どうせならなるべく明るい行灯が欲しい……などと呉服屋の主に言ったかもしれない。

なるほど、それで遠州行灯をお礼にくれたのか」

「だけど残念なことに、妙なものが憑いている行灯だった。おいら、初めに見た時にそうじゃないかと思ったんだよ。なんか、血が付いているみたいだからさ」

「うん？」

卜仙が行灯に近づいていった。

「ああ、おいらは目が利くから平気で見えるけど、卜仙先生は天眼鏡を使った方がいいんじゃないかな。ちょっと分かりづらいから」

「そうか」

卜仙は素直に頷くと、着物の袂《たもと》に手を入れてごそごそと探った。そして天眼鏡を取り出すと、体を屈めて行灯の土台の辺りを覗き込んだ。

「うむ、朱塗りの上にぽつぽつと、ちょっと黒っぽい点々が付いているな。血と言われればそんな気もするが……」

「間違いなく血だよ」

峰吉は言い切った。この小僧が言うのならそうなのだろう。俺よりこいつの方がよっぽど「天眼鏡いらず」だ、と巳之助は思った。

「実際に女の人が斬り殺されちゃったことがあって、その時に飛び散った血が付いたんだよ。殺されたのはやっぱり新月の晩なんだろうな。まあ、そういう行灯だから、これを手放せば幽霊は出なくなるはずですよ。どうしますか、卜仙先生。うちで引き取らせていただいても構いませんけど。さすがに銭は払えませんけどね」

「あ、ああ。そうしてもらえると助かるが、それでは皆塵堂が困るんじゃないか。幽霊が出るから売るわけにはいかないだろうし……」

「うちの蔵にはそんな物ばかり押し込まれていますから、今さら一つ増えたところで平気です。それに血の付いた部分だけ取り替えたらどうなるか試してみたいし。あと、よく調べればおいらにも作れるかもしれない。うまくできれば店に出せる」

峰吉のやつ、古道具の修繕《しゅうぜん》だけでは飽《あ》き足らず、自らの手で作り出した物まで売ろうと考えているようだ。どこへ向かっているのか分からない小僧である。

「それなら引き取ってもらおうかな。ああ、そうなるとこの部屋の明かりがなくなるか。おい、ちょっと……」

卜仙は弟子の一人に声をかけた。母屋の方から別の行灯を持ってこさせるつもりのようだ。しかし、その言葉を峰吉が途中で止めた。

「待ってください。もしかしたら、この部屋の明かりに相応《ふさわ》しい物があるかも」

峰吉は部屋の隅に目をやった。そこにあったのは、あの源六爺さんが作った置物が入れられた風呂敷包みだった。大事な物なので、巳之助はここに持ってきていたのだ。

「あ、あれか？　確かに風呂敷から燭台みたいな物が飛び出しているが」

卜仙が不思議そうな顔をした。

「ううむ、小僧さんが言うのなら、見せてもらおうかな」

巳之助は風呂敷包みに駆け寄り、すぐに拾い上げて卜仙の前に戻った。

ゆっくりと結び目を開く。出てきた物を見ると、卜仙は大声で笑い出した。

「なんだこれは……蛇の頭の上に蠟燭を立てるようになっているのか。おや、そこに蠟燭もあるんだな。百目蠟燭か。ううむ、こいつは面白い。ちょっと試してみよう」

卜仙は遠州行灯の火を使って百目蠟燭を点け、それを蛇の頭の上に立てた。

「ううむ、少し低いな……ああ、文机の上に置けばいいのか」

巳之助が蹴り飛ばした文机を元の場所に戻してから、卜仙はその上に蛇を置いた。

それからいつも自分が人相見をする時に座っている場所に腰を下ろし、巳之助に向かって手招きをした。

「前に座ってくれないか」

「お、俺がですかい」

少し驚いたが、巳之助は言われるままに卜仙の前に座った。卜仙がこの置物を気に入ってくれれば、何か良い物と取り替えてくれるかもしれないのだ。

「どんな感じだい？」

「は、はあ……先生と蛇の両方に睨まれているような気がするかも。だけど、ちょっと眩しいかな」

「ふむ。人相見の客には、直に火を見ないように言わないと駄目だな。しかしその他はいい感じだ。ちょっと不気味だが、その方がよく当たりそうだと客が勘違いするだろう。もっとも俺は腕がいいから、明かりに関わりなく当たるんだが」

卜仙は自慢げに言うと、峰吉の方を向いて声をかけた。

「ええと、小僧さん。ぜひこれを貰いたいのだが、売り物なのかな。いくら払えばいい？」

「すみません。それは先生の目の前にいる巳之助さんの持ち物なんです。事情があって、何かと取り替えるために持ち歩いている物なんですよ。それも、できるだけ良い物と取り替えなくちゃいけないんだ」

「ほう。事情ねえ」

卜仙は再び巳之助の方に向き直ると、すっと天眼鏡を掲げた。

「うおっ、またいつもの癖で天眼鏡を覗いてしまった。本当に大きい顔だね、お前さんは」

「卜仙先生……」

「ま、まあ、大事な事情を抱えているというのは分かるよ。お前さんには苦労を掛けたからね。それなりの物と、この蛇の置物を交換しよう。そうだな……こいつでどうだ」

卜仙はそう言うと、手にしていた天眼鏡を巳之助の前に差し出した。

「あの遠州行灯と同じで、人相見をしてやった眼鏡屋から貰った物だから、いくらぐらいするかは分からん。しかし、結構な値がするだろう。しかも、これはただの天眼鏡ではない。この辻浦卜仙が使っていた物だ。もし売る時は俺の名を出しても構わんぞ」

「ううん……」

別に売るわけではないので卜仙の名はどうでもいい。肝心なのは清左衛門の心を動かせるかどうかだ。約束の期日は明日だから、恐らくこれが最後の交換になるはずである。

正直、天眼鏡がどれほどの物か分からない。そういう時は……。

「お前はどう思う？」

巳之助は、峰吉の考えを聞くことにした。

「おいらはいいと思うよ。何でもあるとお客に言っている皆塵堂でも天眼鏡は見たことがないから、どれくらいの値を付けていいか分からないけど……確か長屋の差配人さんが前に眼鏡を作った時に、数両はかかったって聞いたな。結構高いんだよね。多分、天眼鏡も同じくらいはすると思う」

「そ、そんなにするのか」

巳之助は両手を差し出して、天眼鏡を恭《うやうや》しく受け取った。

「藁人形から始まって天眼鏡だからさ、きっとご隠居様も驚くと思うよ。もちろんおいらは黙っているから。そいつを見て目を丸くするご隠居様を一緒に眺めようよ」

「そうか……」

峰吉が言うのなら間違いあるまい。明日はこれで勝負しよう。あの小箱に見合った物だと清左衛門も認めざるを得ないはずだ。

巳之助の頭に、小箱を受け取っているお志乃の姿が浮かんだ。渡す際に清左衛門は、約束通り「巳之助が、お志乃さんに似合いそうだ、と言っていたから」と告げる。するとお志乃は頰《ほお》を赤らめ、「あら、巳之助さんが……」と呟きながら、どこか熱を帯びたような目を巳之助へと……。

「うおおお、お志乃さあああん」

天眼鏡を高く掲げながら巳之助は叫んだ。さすがに峰吉は微動だにしなかったが、卜仙や弟子たちはこの声に驚いて跳び上がった。

最後に手に入れたのは

一

約束の日の、昼の八つ。巳之助は皆塵堂の前に立った。

入る前に空を見上げる。どこまでも高く、そして青い秋の空が広がっていた。幸先はいい。まるでこの俺とお志乃さんの仲を祝っているかのようだ。

次に目を落とし、手に提《さ》げている風呂敷包みを見た。ここへ来る前に銀杏屋に顔を出し、綺麗《きれい》な桐《きり》の空き箱を貰《もら》っている。やはり大事な物は、それ相応の箱に収めるべきだと思ったからだ。ちなみにそれを包んでいる風呂敷も今までのではなく、太一郎から良い物を借りて使っている。

最後に巳之助は、目を正面に向けた。どうやら円九郎がうまく片付けたようで、積み上げられた桶《おけ》や笊《ざる》などの間から、一番奥の座敷まで見通すことができた。

鮪助《しびすけ》は、今日は床の間にいる。その左斜め前に、伊平次がぼんやりした顔で座っている。そして右斜め前には……。

清左衛門が背筋を伸ばして座り、こちらへ鋭い眼を向けていた。

「よしっ」

巳之助は気合いを入れるために声を出してから、皆塵堂の戸口をくぐった。

清左衛門の顔を見据《みす》えながら、店土間をまっすぐに歩いていく。さすがに今日は、大事な物が入った風呂敷包みを周りの桶にぶつけたりはしない。慎重に、ゆっくりと歩を進めた。

作業場の上がり框《かまち》の手前に円九郎が立っていた。この男も事情を知っているせいか、緊張した面持ちで巳之助に会釈をした。何となく腹が立ったので、軽く蹴とばしてから巳之助は作業場に上がった。

いつものように、そこには峰吉が座っていた。昨日、辻浦卜仙の家から引き取ってきた遠州行灯《あんどん》が前に置かれていたが、峰吉の目はそちらを見ていなかった。珍しく巳之助の方へ目を向けている。

巳之助は峰吉の顔を見てにやりと笑うと、黙ってその前を通り過ぎた。

作業場の隣の部屋に入る。そこで、例の小箱が清左衛門の横に置かれていることに気づいた。あれをお志乃さんに贈りたいがためにこの数日間、かなり苦労をした。その結果が出るまであと少しだ。

奥の座敷に入る手前で巳之助は立ち止まった。清左衛門と伊平次、ついでに鯖助に向けて、深く一礼する。

しばらく頭を下げ続けてからゆっくりと上げた。するとその動きに合わせるように、つっと伊平次が立ち上がった。障子戸のそばに行って再び座り、手を伸ばして煙草《たばこ》盆を引き寄せている。その伊平次を横目で見ながら、巳之助は敷居を跨《また》いだ。

一歩一歩、踏み締めるように進むと、清左衛門の正面に立った。そこで巳之助は再び丁寧《ていねい》に頭を下げてから、腰を下ろした。

「ほう。その様子からすると、満足する物が手に入ったようだな」

巳之助の横に置かれた風呂敷包みを見ながら清左衛門が言った。

「さあ、どうですかね。結局はご隠居がお決めになることですから」

清左衛門の横に置かれた小箱を見ながら巳之助は返事をした。

「うむ。その通りだ。言っておくが、儂《わし》は決して意地悪なことをするつもりはないからね。本当にこの小箱に見合った物がその箱の中に入っていたら、きちんと約束を守って、お志乃さんに話を通してあげるよ」

「別にわざわざ断らなくて結構ですよ。ご隠居のことは信用していますぜ」

巳之助は少し体を横に向けて、風呂敷包みの結び目を解《ほど》いた。桐でできた箱が出てくる。

「ほほう、なかなか良い箱に入っているな。大きさは一尺四方といったあたりか」

「いや、これは太一郎のところで見繕《みつくろ》ってきた箱でしてね。中身とはまったく関わりがありませんよ」

巳之助はそう言いながら桐箱を清左衛門の前に置いた。体の向きを戻し、背筋をまっすぐに伸ばす。

「藁《わら》人形から始まり、いろいろな物と交換していって最後にたどり着いた物だ。あとはもうご隠居のお考え次第で、俺は俎板《まないた》の上の鯉《こい》です。さあ、どうぞご覧ください」

「うむ。それでは拝見するよ」

清左衛門は桐箱を少し手前に引き寄せると、ゆっくりとその蓋《ふた》を持ち上げた。

「むっ」

中身を見た清左衛門の眉間《みけん》に皺《しわ》が寄った。目に力が入ったのだ。そこに収められている物を凝視《ぎょうし》している。

るを。

「むむっ」

清左衛門が腰を曲げ、顔を桐箱へと近づけた。中にある物をしっかりと確かめてい

「むむ……む？」

桐箱に近づけた顔を巳之助へと向ける。下から見上げるような格好になった。

「ええと、巳之助……これは……」

「ご隠居が見た通りの物ですぜ」

「つまり……ただの、笊？」

とととっ、と背後から足音が聞こえてきた。振り向くまでもなく巳之助にはそれが誰のものか分かった。峰吉だ。

「ちょっと巳之助さん、天眼鏡はどうしたのさ」

大声で言いながら座敷に入ってくると、峰吉は素早い動きで桐箱の横に座り込んだ。

「ああ、本当に笊だ。しかもなんか、縮んでるっ」

最初にこの皆塵堂で藁人形と取り替えたのは、一尺半もある大きな揚げ笊だった。それに対して今、桐箱の中にある笊は一尺に満たない小振りの物である。峰吉はその

ことを言っているようだ。

「峰吉の口から天眼鏡という言葉が出たが、それは人相見《にんそうみ》がよく持っている、物が大きく見えるやつかな」

清左衛門が再び背筋を伸ばしながら巳之助に訊《たず》ねた。

「ええ、その通りですぜ。昨日、辻浦卜仙という胡散臭《うさんくさ》い名前の人相見の先生の所に行きましてね。まあいろいろあって、手に入れたんですよ」

「ふうむ」

清左衛門は眉《まゆ》をひそめた。

「藁人形から始まった物々交換が天眼鏡まで行ったとは、大したものだよ。しかし、それがなぜ笊になっているのだね。それも、どこの家にもありそうな、ごくありきたりの笊じゃないか。この皆塵堂にも邪魔なほどある。天眼鏡と取り替えてしまっては、割に合わないと思うが」

「実はその間にも別の物が一つ挟まってはいるのですが、まあ確かに随分《ずいぶん》と落ちましたね。一応、念のために伺《うかが》いますが……ここは思い切って、この笊でもいい、みたいなことになりませんかね」

当然のように清左衛門は首を振った。

「駄目だね。天眼鏡のままだったら、あるいは……いや、今さらだな。お前がここに持ってきたのは笊なんだ。さすがにそれで、お志乃さんのことをどうこう言うのは、虫が良すぎるというものだよ」

「そうだよなあ……」

巳之助は、はあ、とため息をついた。

「だけどね、巳之助。挽回《ばんかい》の目がまったくないというわけでもないよ」

「どういうことですかい」

「天眼鏡から、どういういきさつで笊になったのか。それを話してみなさい。多分、何かあったのだろう。話の中身によっては、もしかしたら儂も考えを改めて……というこどがあるかもしれない」

峰吉が大きく頷《うなず》いているのが目の端に見えた。

「ううん、まあ峰吉も何があったか知りたいだろうしなあ……ところで伊平次さん」

巳之助は部屋の隅で呑気《のんき》に煙草を吸っている伊平次に声をかけた。

「ご隠居に、昨夜のことをまったく話していないのですかい」

「ああ、話してない。ちょっと訊《き》かれかけたけど、巳之助の方が片付いてから話す、と答えておいた」

「ふうん。それなら伊平次さんから話しますかい」

「いや、お前から話せ。俺は面倒臭い」

伊平次はそう言うと、口から煙をふうっ、と吐《は》いた。

「なるほど、伊平次も関わっているのか」

清左衛門が立ち上がり、伊平次の横にある煙草盆のそばへ行った。

「儂が訊きかけた、というのは酒屋の夜逃げの件だな。そちらも気になっていたから、ここに来た時に伊平次に訊ねたのだが、確かにそんな答えが返ってきた」

煙草の味にこだわりのある清左衛門は、煙草盆にある物ではなく、わざわざ自分の煙草入れから葉煙草を取り出して煙管に詰め始めた。

「夜逃げの件が絡んでいるとなると、なおさら話してもらわないとな。巳之助がお志乃さんに贈りたいと言っている小箱は、そもそもその酒屋から買った物なんだから」

葉煙草を詰め終えた清左衛門は、煙草盆にある火入れを使って火を点《つ》けると、さっきの伊平次と同じように口から煙をふうっ、と吐いた。

「よし、巳之助。話を聞かせてもらおう。先ほども言ったように、中身次第では考え直してやるからね」

「ううん……」

巳之助は少し顔をしかめた。清左衛門はそう言っているが、巳之助本人は、挽回の目はもうないと思っているのだ。

「……まあ、伊平次さんが面倒臭がっているから仕方がない。俺から話しますけどね。ええと、どこから始めればいいんだろう。ご隠居は藁人形の次の物すら知らないからな……まあ詳しい話はそのうち暇な時にしますが、とりあえず交換した物を順番に言うと、藁人形から大きな笊、魚釣りの時に使う魚籠《びく》、高そうな酒、二本の百目《ひゃくめ》蠟燭と替わり、その蠟燭のうちの一本が燭台付きの蛇の置物になりました。その次が先ほど言った天眼鏡だ。辻浦卜仙先生の所で、昨日の夜の五つ過ぎくらいに手に入れたかな。その先生の家には峰吉も一緒に行ったんですけどね。その峰吉の勧めもあったので、『この天眼鏡で勝負しよう』と俺は決めたんですよ。ところが……」

二

昨夜のことである。

辻浦卜仙の家を辞した巳之助は、まず峰吉を皆塵堂まで送っていった。

もし鮪助がいれば、しばらく皆塵堂に留まって遊んでやろうと思っていたが、どうやら猫たちがよくやっている「夜の寄合」に行ってしまったらしく、残念ながらいなかった。仕方なく巳之助は、円九郎がちゃんと留守番をしていたかを軽く確かめただけで、さっさと帰路についた。

浅草阿部川町にある自分の長屋と深川亀久町にある皆塵堂とを行き来する際、巳之助はたいてい両国橋《りょうごくばし》を渡る道筋を使っている。しかしその時は新大橋《しんおおはし》へと向かった。伊平次が夜逃げの手伝いに行った「すすき屋」という酒屋が、浅草山之宿町にあることを思い出したからだ。新大橋を渡ってから右の方に少し行くと、その町がある。

もっとも、すすき屋の詳しい場所までは巳之助は知らない。だから浅草山之宿町に行ったとしても、伊平次に会えるとは思っていなかった。

夜逃げをするところなのだから、きっと目立たぬように動いているに違いない。むしろ会えてしまったら駄目だろう。そう思っていた。

結局のところ、巳之助が新大橋へ行こうとしたのは、ただ何となくそちらに足が向いたから、というだけのことだったのだ。

ところが、思わぬ所で伊平次と出会ってしまった。新大橋の上である。巳之助の前を、提灯《ちょうちん》を持った男がぶらぶらと歩いていたので追い越したら、それが伊平次だったのだ。

「ちょっと伊平次さん、なんでこんな所にいるんですかい」

巳之助が声をかけると、伊平次は「お前こそ」と返事をした。新月の夜に明かりを持たない大男から声をかけられたのに、まったく動じず、立ち止まりもしなかった。さすがである。

「俺は、ほら、例の辻浦卜仙先生のところへ行った帰りです。ああ、峰吉ならちゃんと皆塵堂まで送りましたぜ」

「ふうん、そうか。ありがとうな。助かったよ」

「どういたしまして。それで、伊平次さんはどうしてこんな所を歩いているんですかい。もしかして、もう夜逃げを終わらせちまったんですかい」

「いや、違う」

伊平次は首を振った。その動きに合わせて提灯も横に揺れた。

「ああ、これからやるんですね。夜逃げとはいえ、ここまで真っ暗だと大変だ」

「ううん、それもちょっと違う」

「はあ?」

どういうことだろう。巳之助は頭を捻《ひね》ったが、まったく何も思い浮かばなかった。

「つまりだな、今夜の夜逃げはなしになった、ということだ。ほら、酒屋の店主には幼い娘がいるって話をしただろう。ええと、確か五つだったかな。その子が急に熱を出しちまったんだよ」

「なるほど、そういうことか。それなら今夜の夜逃げが駄目になってしまっても、仕方がないかな」

「俺もそう思う。しかし、仕方ないでは済ませられない事情もあるんだ。酒樽《さかだる》が空になっているから、明日からは店を開けられない。そうなると当然、近所の者が心配して見に来る。悪くするとその時に、店の内情がばれちまうかもしれないだろう」

「それも仕方がないんじゃありませんかい」

店賃はもう払ったはずだ。それに節季払いになっている酒代も後で伊平次が酒問屋に持っていくことになっていた。周りの者には迷惑を掛けていない。

「踏み倒すのは借金だけ。だから金貸しにさえばれなければ、何とかなると思いますぜ。近所の者には、黙っていてくれ、と頼み込まなければならないけど、子供の具合が良くなるまでの辛抱だ」

「その近所の者の中に、金貸しと通じているやつがいたらどうするよ」

「ああ……」

夜逃げを事前に知らせてくれたらお礼をする、などと言われている者がいるかもしれない、と伊平次は考えているようだ。

「どうですかねえ……」

「万が一、ということもある。だから俺としては、たとえ今夜は無理でも、できるだけ早いうちに夜逃げをしちまいたいと考えているんだ。そこで娘さんを医者に診《み》せようと思ったんだが、当然それだけの金が酒屋にはない。しかし俺には、そんな貧乏人でも診てくれる医者に一人だけ心当たりがあった」

「ああ、了玄《りょうげん》先生ですね」

伊平次の知り合いで、巳之助も何度か会ったことがある医者だ。了玄は患者の話をよく聞くし、子供の扱いも上手《うま》い。それに貧しい者からは薬代を取らない。とにかく素晴らしい人柄の持ち主なのである。欠点は、藪《やぶ》医者だということだけだろう。

「うむ。他に知っている医者もいないしな。それで呼びに行って、娘さんを診てもらったんだ。まあ、藪だからさ、結局は『温かくして寝ていろ』ってことになったんだが、一応、薬も出してくれた。その了玄先生を家まで送っていき、また酒屋に戻ってきたところなんだよ」

「なるほど、よく分かりました。伊平次さんも大変でしたねえ」

了玄先生の家は皆塵堂からほど近い場所にある。だから伊平次は今日、深川と浅草の間を二往復半もしていることになるのだ。

「いや、まったくだよ……なんてことを話しているうちに、すすき屋のそばまで来ちまった。せっかくだから巳之助も少し覗《のぞ》いていくかい」

「ううん、そうですねえ。娘さんが寝込んでいるんじゃ、上がるわけにはいかないけど、どんな店か外から眺めるくらいはしていきましょうかね」

「うむ。ここを曲がって、ちょっと行った所にあるから」

伊平次はそう言いながら角を曲がったが、そこで立ち止まった。

どうやら通りの先の方を窺っているようだ。何事だろうと思いながら、巳之助もそちらを覗いた。

ある一軒の店の前に人だかりができていた。新月の晩なのに見えるのは、その店の表戸が一枚だけ開いていて、そこから明かりが漏《も》れているからである。

「……どうやら心配していたことが起きちまったようだ」

伊平次はそう呟《つぶや》いた後で、ちっ、と舌打ちをした。

「近所の者の中に金貸しに通じている者がいて、知らせたのだろう」

「と、いうことは、あそこが例の酒屋なんですかい。すすき屋っていう……」

「そうだ。あの様子だと、恐らく金貸しが家の中にいるな。あの人だかり、少し遠巻きに店を囲んでいる感じだろう」

「ああ、そうですね」

開いている戸口を中心として、半円ができている。

「で、戸口の前に男が一人、立ちはだかっている。あれは多分、金貸しが連れてきた用心棒みたいな者だろう。中に誰も入れないようにしているんだ。参ったな、こうなってしまうと手の出しようがないぞ」

「裏口から忍び込むとか……」

「それで、どうすると言うんだ。何の意味もないぞ。世の中、証文が物を言うんだ。借用書が金貸しの手にある以上、向こうの方が強い。こちらにできるのは逃げることだけだったが、もう駄目だろう。さて、今後はどうなるかな。娘さんはまだ五つだからいいとして、かみさんが借金の形《かた》に売られるかもな。まだ若いから」

「五つになる子供がいるんだから、いくら若いと言っても二十二、三ってところでしょう。いや、確かにまだ若いけど、それでもあまりいい店に行けるとは思えないな」

それこそあの辻浦卜仙の家の離れで見た、女の幽霊たちが働いていたような店に行かされるのではないか。

「さて、何か手を考えなければならないが、ううん……」

伊平次が黙り込んだ。難しい顔をして首を捻っている。

巳之助も口を閉ざした。酒屋の前にできている人だかりをぼんやりと眺める。伊平次が考えを巡らせているので、邪魔にならないようにしなければ、と思ったのだ。

しかし、それからさほど経たないうちに巳之助は伊平次に話しかけてしまった。

「……すみません。伊平次さんが何か思いつくまで黙っていようと思ったんですけどね。その前に俺が、あることに気づいちまったものですから。ちょっとお訊ねしても構いませんかい」

「なんだ？」

「伊平次さんは金貸しの名前を聞いていますかい」

「いいや。特に聞く必要はないんでね」

「ふうむ。それでは……あの戸口の前にいる男に見覚えはありませんかい」

「ああ？」

伊平次は酒屋の方へ目を向けた。

「……覚えているかどうかすら分からねえよ。そもそも顔がよく見えないんだ。店の中からの光を背に受けてるからな。顔が陰になっている」

「そうですよねえ。だけど俺には分かるんですよ。ほんの数日前に会ったばかりなんでね。あれ……勝次です。おきみちゃんの件の時に出てきた、女衒《ぜげん》の勝次ですよ」

「あ、ああ……そんなやつがいたなあ。そうすると、すすき屋さんが借金している金貸しは、その時と同じ……ええと、石蔵《いしぞう》だったかな」

「その通りです。そして相手が勝次と石蔵ということになると、もしかしたら何とかなるかもしれません。どうですかい、伊平次さん。ここは一つ、俺に任せてもらえませんかい」

「そりゃ構わねえさ。こっちは何も思い浮かばなかったんでね。それなら、俺はゆっくり眺めさせてもらうよ」

「ええ、どうぞ。それでは行きますかね」

巳之助は歩き出した。大股《おおまた》で勢いよく進む。そして人だかりに近づくと、大声で叫んだ。

「くぉら、勝次。てめえ、俺との約束を破りやがったな」

人だかりが割れて通りやすくなった。巳之助はそのままの勢いで勝次へと向かっていった。

「で、出たあ」

巳之助の姿を認めた勝次は慌《あわ》てて逃げようとした。だが巳之助は腕を伸ばして、後ろから着物の衿首《えりくび》を摑《つか》んだ。

「勝次、てめえ、俺の知り合いと会ったら承知しねえと言っただろうが。この酒屋はなあ、これから俺が知り合いになる店なんだよ」

「は、はあ？　何だよ、それ。そんな理屈が通るとでも思ってるのかよ」

「この俺に世の中の道理が通ると思うな、とも言っただろうが」

巳之助は横に足を伸ばしながら勝次を力強く引っ張った。勝次は巳之助の足に引っかかって転び、周りを囲んでいた人だかりの方へ向かって勢いよくころころと転がっていった。

「……邪魔するよ」

一声かけながら戸口をくぐり、巳之助は酒屋の店土間へと足を踏み入れた。まず目に入ったのは上がり框《かまち》に座っている男だ。金貸しの石蔵である。勝次と違ってうろたえた様子はないが、苦々しい顔で巳之助を見ていた。

その石蔵の向こうに一人の男が項垂《うなだ》れた様子で座っていた。酒屋の店主であろう。

その店主の後ろの方に、布団《ふとん》に寝ている幼い娘と、その枕元に座る母親の姿が見えた。脇に桶が置かれ、その縁に手拭《てぬぐ》いが掛けてある。

「……確か、前に神田《かんだ》竪大工町《たてだいくちょう》の裏店《うらだな》でお会いした方ですな」

機嫌の悪そうな声で石蔵が言った。

「よく覚えているじゃねえか」

「一度見たら忘れないご面相をしていらっしゃいますから。あの時は勝次のやつが世話になりましたね。どうやら今も……」

石蔵は、巳之助の後ろにある戸口へと目を向けた。

「ああ、あの時の古道具屋さんもご一緒でしたか」

巳之助もちらりと背後へ目をやった。伊平次が戸口をくぐって中に入ってくるところだった。

「なるほど、古道具屋さんが夜逃げの手引きをしていたのですか。さすが慣れていらっしゃる。お蔭で危うく逃げられるところでしたよ」

石蔵は、くっくっ、と押し殺したような声で笑った。

「ですが、もう無理ですから諦《あきら》めてください。これからは見張りを付けますからな。逃げられませんよ」

「それでどうするって言うんだい。夜逃げを企てたくらいなんだから、ここには借金を返せるだけの銭がないんだ。ない物を取り立てることは、さすがの石蔵さんでも無理なんじゃないかい」

「まあ、無理でしょうな。ですから、借金の形を取り立てます。そのために勝次を連れてきているんですよ。ここのおかみさんは子供を産んでいると言っても十分に若いし、なかなかの器量よしでもある。使ってくれる店はいくらでもございます。それに、あちらで寝ている娘さんについては、まだ幼いから平気だろうと思っているかもしれませんが、それはそれで欲しがるところがありましてね」

嫌なことを言う野郎だ。勝次と同じように、こいつをころころと……と思ったが、巳之助はぐっと我慢した。借金の証文は向こうの手にあるのだ。出る所に出られたら面倒なことになる。ここはうまく、「交渉」していかなければならない。

巳之助はいったん戸口の方へ戻って外を覗いた。野次馬の数は相変わらずだ。多くの人がまだ戸口を中心に半円を描くようにして酒屋の様子を窺っている。

勝次はというと、もう立ち上がっていて、先ほどと同じように戸の前にいた。

「おい、こら」

こちらに背を向けている勝次に声をかける。すると勝次はびくっと体を震わせながら振り返った。

「な、なんだよ」

「もう遅いんだからさ、皆さんに帰ってもらいなよ。気が利かねえな、てめえは」

巳之助は、がたがたと音を立てて戸を閉めた。向こう側で勝次が「おら、帰れ、帰れ」と人払いをしている声が耳に届いた。

これでよし、と思いながら巳之助は石蔵のそばに戻った。

「……なあ、石蔵さん。この酒屋さんは、借金をまったく返していない、というわけではないんだろう。先代が作った借金らしいし」

「まあ、そうですな。わずかずつではありますが、返してもらってはいます。まあ、それでも借金の完済にはほど遠い。しかもこの頃は、それすらも滞《とどこお》っていますよ」

「だけど……元金っていうのかな。初めに借金をした額はもう返しているんじゃないか。それなら、ここで勘弁してやっても、そっちは損をしないんじゃないのかい」

巳之助の言葉を聞いた石蔵は、今度ははっきりと声に出して笑った。

「冗談を言ってもらっては困ります。我々金貸しはね、利息で食っているのですよ。我々にする借金は、それを含めてのものなんです」

「まあね……ところでさ、石蔵さん。話は変わるけど、あんた、下谷通新町に家を借りているよな。彦兵衛さんって人が持っている一軒家」

石蔵が少し眉をひそめた。藪から棒にいったい何だ、という顔だが、動揺した様子はなかった。

「ええ、確かに借りていますよ。それがどうかしましたかな」

「なんか、あんたじゃなくて勝次の野郎が出入りしているんだけど」

「ああ、それは……勝次のやつが、住んでいた長屋から店立てを食らいましてね。それで次の住まいが見つかるまでの間、使わせていたというだけの話です。あの家の店賃は彦兵衛さんにきちっと支払っていますからね。どのような使い方をしても文句を言われる筋合いはございません」

「勝次の野郎がその家で、美人局《つつもたせ》を働いていたとしてもかい」

「は？」

今度は石蔵の眉が少し上がった。驚いた様子である。どうやら美人局の件は知らなかったようだ。

「なあ、石蔵さん。そうなるとちょっと面倒なことになるんじゃないのかなあ。あんたのことだから、その土地の岡っ引きとかには袖《そで》の下ってやつを渡しているかもしれないが、彦兵衛さんはあの辺りでは結構な顔役みたいだから、それが効くかどうか怪しいものだ。それにさ、あんたも知っての通り、俺たちの後ろには鳴海屋のご隠居がいる。岡っ引きどころか町奉行所の役人、いやそれよりはるかに上の人と繋《つな》がりのある人だぜ」

「もしかして私を脅《おど》していらっしゃるのですかな」

「いや、ただの世間話だ……というのは無理があるか。それならまた話を変えよう。石蔵さん、あんたさ……辻浦卜仙っていう人相見の先生の名を聞いたことはないかい」

石蔵がまた眉をひそめた。

「……ありますよ。よく当たると評判の先生だ」

「ああ、やっぱり聞いたことがあったか。あんたみたいな人はその手のことが好きそうだから、もしかしたらと思ったんだ」

「それはどうも……で、だからなんだと言うのでしょうか」

「あんたに見てもらいたい物があるんだよ」

巳之助は懐に手を差し込んで、ごそごそと探った。

「あれ、ないぞ……大事な物だから帯の下にしっかりと挟み込んでいたんだが……ああ、あった。帯じゃなくて褌《ふんどし》に挟んでたのか……ええと、ほら、これだ」

巳之助は天眼鏡を取り出して石蔵の前に掲げた。

「これはなんと、その辻浦卜仙先生からいただいてきた天眼鏡だ。聞くところによると、天眼鏡ってのは結構な値がするらしいじゃねえか。しかもそれが、評判の先生が使っていた物だとなると、さらに跳ね上がっても不思議ではない。それこそ数十両もの金を出してでも欲しいって人がいるかもしれないぜ」

「ほう」

石蔵は天眼鏡に顔を近づけた。興味がありそうな表情をしている。

「そこで相談なんだが……石蔵さん、この酒屋の借金の証文を、これと交換しないかい」

「はあ？　何を言い出すかと思えば、まったく……」

口調は呆《あき》れているという感じを出しているが、目はまだじっと天眼鏡に注がれている。もう一押しだ。

「そうしてくれれば、さっき話した美人局の件は忘れてやるのにな。別にこっちはどうでもいいんだぜ。あんたが取り替えてくれなければ、この天眼鏡を鳴海屋のご隠居のところに持っていくだけだ。あの人はきっと言うだろうな。『ああ、これは良い物だ。よし、お前の望む通りにしてやろう』みたいなことを……」

「少し待っていただけますかな」

石蔵は手のひらを前に出して巳之助の言葉を止めた。首を傾げながら酒屋の女房を見たり、その向こうに寝ている娘に目を向けたりし始めた。どうすれば自分にとって一番の得になるか、考えを巡らせているようだ。

「……美人局の件は本当に忘れてくれるのでしょうね」

「もちろんだ。こっちだって面倒なことは避けたいからな」

「そちらも？」

石蔵は酒屋の店主に目を向けた。店主は黙ったまま何度も首を縦に動かした。

「そりゃこちらの旦那さんは借金さえどうにかなりゃ満足だろうさ。後になってわざわざ厄介事《やっかいごと》に首を突っ込むことなんてしないと思うぜ」

「ふうむ。それなら」

今度は石蔵が自らの懐に手を入れた。さすがに巳之助とは違い、すぐに目当ての物を取り出す。紙入れである。

「随分と立派な紙入れだな」

「そりゃ、商売道具を入れる物ですから」

紙入れの中から石蔵は一枚の紙切れを取り出し、巳之助に差し出した。この店の借金の証文だった。

「それじゃあ、これはあんたの物だ」

巳之助は証文を受け取りながら、もう一方の手で天眼鏡を渡した。

「ふむ……」

天眼鏡を手にした石蔵は少しの間それを眺めていたが、ふと思い出したようにまた懐に手を突っ込み、今度は手拭を取り出した。どうやら天眼鏡が巳之助の褌に挟まっていたことを思い出したようだ。手拭で丁寧に拭《ふ》いている。

「……さて、それでは私は帰らせてもらいますよ。ここには用がなくなったからね」

石蔵は天眼鏡と紙入れ、手拭いを懐に入れ、のんびりとした動きで立ち上がった。

「できれば、もう二度とお目にかかることのないように願いますよ」

「俺の方は別に会っても構わないけどね」

「ご冗談を」

石蔵は苦々しい顔で言うと、戸口へと向かった。伊平次が先に戸に手をかけて開けてやり、石蔵は軽く会釈しながら戸口をくぐり抜けた。

「勝次、帰るよ」

再び伊平次が戸を閉める時に、外から石蔵の声が聞こえた。勝次の返事は戸を動かすがたがたという音に掻《か》き消されて聞こえなかった。

「……ふうむ。見事なお手並みだったな。なかなかやるじゃないか」

伊平次が上がり框に腰を下ろしながら言った。今日は一日歩き回って疲れたらしく、足を揉《も》み始める。

「まあ、さっさとその証文を旦那さんに渡して、安心させてやれよ」

「ええ、そうなんですけどね……」

巳之助は酒屋の店主へと顔を向けた。感謝の意を表しているのだろう。店主は両手をつき、巳之助に向かって深々と頭を下げている。

「……すまねえ、旦那さん。ちょっと事情があって、ただで渡すわけにはいかないんだ」

「は？」

床に手をついたまま、店主が顔を上げた。困ったような表情を浮かべている。

「ああ、いや、もちろん銭を払えってわけじゃないよ。そうじゃなくて、何かさ、物と交換してほしいんだよ」

「おい巳之助、まだそれを続ける気かい」

伊平次が呆れたように言った。

「しょうがないでしょう、決めたことなんだから」

「だからってお前、ここには何もないぞ。夜逃げをしようとしていたところなんだからさ」

「いや、でも……」

巳之助は店土間を見回した。案外と物が残っている。中身は入っていないだろうが、棚には酒樽が並んでいるし、枡《ます》や徳利《とっくり》なども置かれている。

「店の物は、夜逃げの後で俺が引き取ることになっていたんだよ。その代わりに酒問屋への売掛金の支払いをするってことでさ。だから残っているんだが、もうそれに手を付けちゃ駄目だぞ。夜逃げをする必要がなくなったんだから。ここからまた、酒屋としての暮らしを立て直していかなけりゃならない」

「はあ、そうなると商売に使う道具以外で考えようか……」

巳之助は家の中へと目を移した。見事にがらんとしている。

「裏口の向こうに大八車が置いてあるんだよ。どうしても暮らしに必要な物だけを載せて逃げようとしていたんだ。だから、もちろんそれにも手を付けられないぞ」

「それだと何もないんだけど」

「ううむ……あえて言うなら、夜逃げの時でもたいてい置いていかれる桶と笊だな。ここでも裏口の方の土間に残されて……ああ、桶は駄目だ。娘さんが熱を出して寝込んでいるから、使っている」

「ええ……それだと、笊しか選べないってことですかい」

辻浦卜仙の家で天眼鏡という勝負がかけられそうな物を手に入れて喜んでいたのに、それからわずか一時ほど後に、笊に替わってしまうとは……。

さすがの巳之助でも、これにはどっと疲れが出てしまい、上がり框に座り込んでしまった。

三

「……まあ、そういうわけですよ」

話を終えた巳之助は、手を伸ばして笊を桐箱から取り出した。

「今日ここへ来るまでの間に、この笊と何かを取り替えてくれる人を探してもよかったんですけどね。どうせ大した物にはならないだろうし、それならもうこの笊でいいやって思って、替えずに持ってきたんですよ」

空になった桐箱を風呂敷に包み直す。これは後で銀杏屋に返す物だ。

「ただの笊とはいえ、四日間歩き回って最後に手に入れた物ですからね。こうして太一郎の所で箱と風呂敷を借りて、綺麗に包んで持ってきたってわけです。どうですか、ご隠居。楽しんでいただけましたかい」

「ああ、存分にね」

清左衛門は灰吹きに煙管の灰を落としながら答えた。

「そいつは良かった」

「最後に手に入れた笊が、夜逃げをするはずだった酒屋の物だというのが本当に面白い。お前がお志乃さんに贈りたがっている小箱は、元々はその酒屋にあった物だからね。不思議な巡り合わせだ。まるで仕組まれていたかのようだよ。見えない大きな力に動かされたとでも言えばいいのか……」

清左衛門は煙草盆の上に煙管を置いて立ち上がった。初めにいた、巳之助の正面に戻って座り直す。

「……伊平次。酒屋の娘さんの具合がどうなっているか知っているかね」

清左衛門が訊くと、まだ煙草を吸い続けている伊平次は「ええ」と言いながら煙を吐いた。

「昼前に様子を見に行ったんですけどね、ケロッとしていましたよ。昨夜はぐったりしていたんですけどね。いいことだけど、ちょっと不思議ですよ。ご隠居の言う、見えない力がどうとかいうのも、分かる気がします。こんなことなら、わざわざ了玄先生を呼びに行くことはなかったな。疲れただけだ」

いや、そこは了玄先生の薬のお蔭《かげ》ってことにしてあげればいいのに、と巳之助はちょっと思った。

「ううむ。伊平次もそう思うか。だとしたら、儂は考え直した方がいいのかもしれないな」

清左衛門は床に置かれた小箱へと目を向けた。

「巳之助が持ってきたのは、ただの笊だ。とてもではないがこの小箱に見合った物だとは言えない。せっかく天眼鏡などという、値の張る物を手に入れたんだ。それをここに持ってくれれば良かった。まず間違いなく、儂は認めたと思うよ。ところが巳之助は困っている酒屋のために、その天眼鏡を借金の証文へ、さらにそれを笊へと替えた。その流れを考えた時、これはただの笊とは言えないのではないか、と儂は思うんだよ。これは巳之助の男気、心意気というものが染みついた笊だ」

「ううん……」

どうやら褒《ほ》められているようだ。それは素直に嬉《うれ》しい。だが、そんなものが染みついた笊は少し嫌かな、と自分のことであるがゆえに巳之助はそう思った。食い物を洗ったりするのには使いたくない。

「儂は、幼い娘さんを抱えて夜逃げをしなければならなくなった酒屋さんのことを思って、この小箱などをなるべく高く買ってやろうと考え、実際にその通りにした。そして巳之助は、酒屋さんが夜逃げをしなくて済むようにするために動き、その笊を手に入れた。その縁を考えた時、この笊は、天眼鏡などよりはるかに、小箱に見合った物なのではないか、と儂は思うのだよ」

「はあ……」

話がややこしいし、回りくどい。巳之助は飽《あ》きてきた。

「……ええと、ご隠居。なんかいろいろと理屈をこね回しているようですが、要は、この笊でもいいよ、ということを言いたいんですよね。小箱に見合った物だと認め、約束通りお志乃さんへの贈り物にしてやろうじゃないかと」

「うむ、まあ、そういうことだ。ただし初めに決めた通り、あくまでも儂からの贈り物ということにするからね。もちろん『巳之助が、お志乃さんに似合いそうだ、と言っていたから』という一言を添えて……」

「ご隠居、待ってくれ」

巳之助は手の平を前に出して清左衛門の言葉を途中で止めた。

「それは本当にありがたい話ですよ。俺は嬉しくて暴れ出しそうだ。しかし……ご隠居には悪いが、俺の方から断らせてくれませんか。その小箱をお志乃さんへの贈り物にするのは、やめにしましょうよ」

「な……」

清左衛門が目を丸くした。伊平次も「おおっ」と呟いて巳之助の顔をまじまじと見ている。

「……なぜだね、巳之助。わけを話してくれんか」

「ええと、まずは笊ってことですね。さすがに小箱には見合わない」

「いや、それは今、儂が言ったように……」

「それから、その小箱は、手放さずにご隠居なり皆塵堂なりで取っておくべきだと思うんですよ」

「……うん?」

「その小箱だけじゃなく、他にもありましたよね。重箱とか、文箱とか……。それって確か、酒屋のかみさんが嫁いできた時に、嫁入り道具として持ってきた物でしょう。もしかしたら取り戻したいと考えるかもしれない。娘さんが嫁ぐ時に持たせたいから、とか思って。借金はなくなったのだから、酒屋の方がうまくいけば、四、五年ほどで買い戻すだけの余裕ができるんじゃないかな。もちろん決めるのは買い取ったご隠居だが、それくらいの間は待ってあげてもいいと思うんですよね」

「ううむ。分からなくもないが、それではお前の苦労が……」

「そしてなにより、俺はご隠居との約束を破っています。だから引き下がるしかない」

「……何のことだね」

清左衛門は首を傾げた。

「石蔵を脅したことですよ」

「ああ、美人局がどうとか……あれはただの世間話だろう」

「いやあ、いくらなんでも無理がありますって。お志乃さんに関わることだから、正々堂々とやらなきゃ駄目だと思うんだ。あれは間違いなく脅しです。俺は約束を破ってしまった。したがって今回の件は、俺の負けってことで終わりにしましょう。お騒がせしました」

巳之助は清左衛門に向かって深くお辞儀をした。

「う、うむ。お前がそういうのなら、もちろんそれで儂は構わないよ。だが……ああ、そうだ。実はお前が凄い物を持ってきた時のことを考えて、この後、お志乃さんと会うことにしていたんだよ。もちろんお縫ちゃんもいる。千石屋で一緒に料理でも食べようかと、そういう話にしていたんだ。そこに巳之助も来たらどうだね。小箱の件は駄目になったが、それとは別だ。お前はしばらくお志乃さんに会っていないだろう。久しぶりに顔を見たいんじゃないのかい」

「そ、そりゃもちろん……ああ、いや。俺は負けたんだ。さすがに今日は合わせる顔がない。遠慮しときますよ」

「だから、小箱の件とは別だと……」

「お縫ちゃんがいるんだから、峰吉を連れていってやってください」

巳之助は座敷の中を見回した。酒屋での一件の話を始めた時には、峰吉は座敷にいたはずだが、今はその姿がない。どこへ行ったのだろうと思って振り返ると、いつの間にか峰吉は作業場へと戻っていた。

その目を床の間へと移した。話に夢中で気づかなかったが、鮪助もまた姿を消していた。それなら店土間の梁《はり》の上か、と再び振り返ってみたが、そこにも鮪助はいなかった。きっと外へ出ていったのだろう。

——考えてみると、あいつも俺のために動いていた気がするな。

今度来る時には、鮪助の好きな鮪《まぐろ》を持ってきてやろう、と巳之助は思った。

「それではご隠居、それから伊平次さんも、いろいろお騒がせしました。これで俺は帰りますよ。鮪助もいないことだし」

巳之助は左手に風呂敷包み、右手に笊を持って立ち上がった。

「おい、巳之助。本当にそれでいいのかい」

「しつこいですぜ。そもそもご隠居は、俺とお志乃さんでは釣り合わないからって、この件には反対ではありませんでしたっけ」

「いや、それはそうなのだが……」

「だったら安心しない方がいいですぜ。今日のところは引き下がるというだけで、別にお志乃さんを諦めたわけではありませんのでね。また何かあったら、その時はよろしくお願いしますよ」

巳之助はそう言い残して座敷を後にした。

隣の部屋を通り抜け、作業場に入る。峰吉の前もそのまま通り過ぎようとしたが、右手に持っている笊のことを思い出して立ち止まった。

「ああ、そうだ。峰吉、この笊を皆塵堂で引き取ってくれ。俺の所じゃ使わないから」

「ええ……笊かあ。うちには売るほどあるんだよね」

「気合いを入れて売り尽くしてやれ。もちろんこいつの銭なんていらないよ。店の方に置いていくからな」

「ちょっと待ってよ。それならさ、最後の交換をしようよ」

峰吉は、すっと立ち上がって、作業場の端から延びている廊下の方に向かった。そこに何か置いてあるらしかった。

「その笊と、これを取り替えよう」

峰吉はすぐに戻ってきた。その手にある物を見て、巳之助は「うっ」と唸《うな》った。

「おい、峰吉……そいつは……」

「草鞋《わらじ》だよ。巳之助さんは、最初に藁人形を持ってきただろう。でも、さすがに売れそうもないからさ。だったらこっちの方がいいんじゃないかと思って、人形を解いた藁で編んだんだ。あの辻浦卜仙先生が、おいらを見て、器用だと言っていたじゃないか。物を作る仕事に向いているって。そのおいらが編んだ草鞋だから、きっと丈夫で、長持ちすると思うよ」

峰吉はそう言いながら草鞋を差し出してきた。

「げ……げ……」

巳之助は、清左衛門が言っていた「見えない大きな力」とかいうものの正体が分かった気がした。

「下駄神様あああ」

草鞋を手にした巳之助は、大きな声でそう叫んだ。

主な参考文献

『近世風俗志（守貞謾稿）（一）～（五）』喜田川守貞著　宇佐美英機校訂／岩波文庫
『日本の呪い「闇の心性」が生み出す文化とは』小松和彦著／光文社知恵の森文庫
『蕎麦の事典』新島繁著／講談社学術文庫
『嘉永・慶応　江戸切絵図』人文社

あとがき

深川《ふかがわ》は亀久橋《かめひさばし》の近くにひっそりと佇《たたず》む皆塵堂《かいじんどう》という古道具屋を舞台に、曰《いわ》くのある品物を巡って騒動が巻き起こる「古道具屋皆塵堂」シリーズの第十三作であります。幽霊が出てくる話でございますので、その手のものが苦手だという方は念のためご注意くださいますようお願いいたします。

……と、いつも書いているのですが、本作はシリーズでお馴染《なじ》みの登場人物である棒手振《ぼてふ》りが中心の「巳之助《みのすけ》回」でございまして。コメディ要素の強い人物なので、さほど注意する必要はないかな、と思ったり思わなかったり。

まあそれでも少しでも怖くなるように、できる限りの工夫は凝《こ》らしたつもりですので、その手の話がもの凄《すご》く苦手だという方はお気をつけください。

さて今回のあとがきは、前回に引き続いて「火の元には注意しよう」という話でございます。

どうしてそんな話をするかと申しますと、つい最近、我が家の台所のガスコンロを新調いたしまして。かなり長い間、古い物を粘りに粘って使い続けていたのですが、五徳に穴が開いたりしたものですから、ようやく重い腰を上げて新しい物に取り替えたのです。

で、せっかくだからカレーを作ろう、となったわけです。

なぜカレーなのかは不明ですが、まあ何となく、カレーだったんです。

湯の入った鍋に切ったジャガイモやら人参やら玉ねぎやらを投入。ツナ缶も開けて中身を投入（全国の肉好き読者の皆様ごめんなさい。輪渡《わたり》は肉があまり好きではないのでツナカレーになります）、そしてカレールーをぶち込んで、かき回しながら適度に煮込む。

これで完成。あとは飯の時間を待つだけ、ということで、いったん台所を離れました。食べる直前に温め直すつもりでした。

ところがここで痛恨のミス。火を止めずに二階へ上がってしまったのです。

新しいガスコンロだったために操作を間違えて……などではありません。純粋に消し忘れただけです。はい、間抜けです。

そうしてそのまま長い時間が過ぎ、家中に充満するカレーの臭《にお》いでようやく気づいて台所へと飛び込んだのですが、その結果は、なんと……。

めちゃくちゃ美味《おい》しいカレーが出来上がっていました。

いやあ、やっぱりカレーは長く煮込んだ方がいいですね。我が家史上、最高に美味《うま》いカレーになりました。

まあそれでもかき回していなかったせいで下の方が焦《こ》げて、鍋底も真っ黒になっていましたが。

ええ、反省しております。火が消えていることをしっかりと確認してから台所を離れるべきでございました。

今時のガスコンロは温度が上がりすぎると自動で弱火になったり消火したりする機能が大抵《たいてい》ついているので、それに救われたわけですが……。

しかしそのような機能があるとはいえ、消火の確認を怠《おこた》るのはいけません。読者の皆様におかれましては、くれぐれもそのようなミスをすることなく、実力で美味しいカレーを作っていただければ、と存じます。

ということで、前回のあとがきに引き続いての「火の元には注意しよう」という話でございました。

本作である皆塵堂シリーズの第十三作、『藁化《わらば》け』の話に戻ります。そもそもこのシリーズは古道具屋を舞台にしている話ですから、当然のこととして何らかの「道具」を出さなきゃいけないわけです。が、怪談に出てきそうな定番の道具（人形とか鏡とか）はとっくに使ってしまっています。シリーズ三作目の『蔵盗み』のあとがきの中で輪渡は「もう書く材料がない」と泣き言を述べていますので、かなり早い段階から道具の枯渇《こかつ》は始まっているのです。

そういう次第ですので、四作目以降はなぜか猫が増量したり、髪を追うために皆塵堂を離れて歩き回ったりと、あまり「道具」が前面に出ない話も混ざってきました。申しわけありません。が、今回は、「道具」をきっちりとネタにした話が書けたのではないか、と輪渡は安堵《あんど》しています。

ただ前述の通り、本作は「巳之助回」でございますので、多少コメディ要素が強めになるのは致し方ないところ。でも今作のお蔭《かげ》で、次はあまり「道具」に縛《しば》られずに書けそうです。したがって次作は恐怖を前面に出し、読者の皆様が震え上がるような幽霊話をお届けいたしましょう……と、思ったのですが。

予定通りにいけば次回は「峰吉《みねきち》回」でございましてね……。レギュラーの登場人物の中で最も幽霊を怖がらない小僧ですので、どうなることやら。

しかしそれは先の話です。何はともあれ、巳之助が活躍する本作『藁化け』をどうぞよろしくお願いいたします。

本書は文庫書下ろし作品です。

|著者|輪渡颯介　1972年、東京都生まれ。明治大学卒業。2008年に『掘割で笑う女 浪人左門あやかし指南』で第38回メフィスト賞を受賞し、デビュー。怪談と絡めた時代ミステリーを独特のユーモアを交えて描く。憑《つ》きものばかり集まる深川の古道具屋を舞台にした「古道具屋 皆塵堂」シリーズが人気に。「溝猫長屋 祠之怪」シリーズ、「怪談飯屋古狸」シリーズのほか、『ばけたま長屋』『悪霊じいちゃん風雲録』などがある。

藁化《わらば》け　古道具屋《ふるどうぐや》 皆塵堂《かいじんどう》

輪渡颯介《わたりそうすけ》

2024年10月16日第1刷発行

発行者──篠木和久
発行所──株式会社 講談社
東京都文京区音羽2-12-21　〒112-8001
電話 出版 (03) 5395-3510
　　 販売 (03) 5395-5817
　　 業務 (03) 5395-3615

Printed in Japan

講談社文庫

定価はカバーに
表示してあります

KODANSHA

デザイン─菊地信義
本文データ制作─講談社デジタル製作
印刷───株式会社KPSプロダクツ
製本───株式会社国宝社

ISBN978-4-06-537314-9

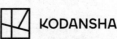

講談社文庫刊行の辞

二十一世紀の到来を目睫に望みながら、われわれはいま、人類史上かつて例を見ない巨大な転換期をむかえようとしている。

世界も、日本も、激動の予兆に対する期待とおののきを内に蔵して、未知の時代に歩み入ろうとしている。このときにあたり、創業の人野間清治の「ナショナル・エデュケイター」への志を現代に甦らせようと意図して、われわれはここに古今の文芸作品はいうまでもなく、ひろく人文・社会・自然の諸科学から東西の名著を網羅する、新しい綜合文庫の発刊を決意した。

激動の転換期はまた断絶の時代である。われわれは戦後二十五年間の出版文化のありかたへの深い反省をこめて、この断絶の時代にあえて人間的な持続を求めようとする。いたずらに浮薄な商業主義のあだ花を追い求めることなく、長期にわたって良書に生命をあたえようとつとめるところにしか、今後の出版文化の真の繁栄はあり得ないと信じるからである。

同時にわれわれはこの綜合文庫の刊行を通じて、人文・社会・自然の諸科学が、結局人間の学にほかならないことを立証しようと願っている。かつて知識とは、「汝自身を知る」ことにつきていた。現代社会の瑣末な情報の氾濫のなかから、力強い知識の源泉を掘り起し、技術文明のただなかに、生きた人間の姿を復活させること。それこそわれわれの切なる希求である。

われわれは権威に盲従せず、俗流に媚びることなく、渾然一体となって日本の「草の根」をかたちづくる若く新しい世代の人々に、心をこめてこの新しい綜合文庫をおくり届けたい。それは知識の泉であるとともに感受性のふるさとであり、もっとも有機的に組織され、社会に開かれた万人のための大学をめざしている。大方の支援と協力を衷心より切望してやまない。

一九七一年七月

野間省一

講談社文庫 最新刊

佐々木裕一
影　姫
〈公家武者 信平《のぶひら》(十五)〉
夫婦《めおと》約束した幼馴染《おさななじみ》が奉公先から戻らない。若者の悲痛な訴えの裏に奸邪《かんじゃ》か。信平が動く。

福井県立図書館
100万回死んだねこ
〈覚え違いタイトル集〉
利用者さんの覚え違いに爆笑し、司書さんの検索能力にリスペクト。心癒《いや》される一冊。

楡　周　平
サンセット・サンライズ
東京のサラリーマンが神物件に〝お試し移住〟。東北の楽園で、まさかの人生が待っていた！

風野真知雄
魔食　味見方同心(三)
〈閻魔《えんま》さまの怒り寿司〉
渋谷《しぶや》村で恐ろしく辛《から》い稲荷寿司を売っているという。もしかして魔食か？　味見方出動！

西村京太郎
SL銀河よ飛べ!!
十津川警部が捜査史上最大級の事件に遭遇。SL銀河に隠された遠大な秘密に迫る！

篠　原　悠　希
霊　獣　紀
〈鳳雛《ほうすう》の書(下)〉
「自分たちはなぜ地上に生まれたのか？」一角麒《いっかくき》の疑問は深まる。傑作中華ファンタジー。

井戸川射子
この世の喜びよ
思い出すことは、世界に出会い直すこと。静かな感動を呼ぶ、第168回芥川賞受賞作。

講談社文芸文庫

古井由吉

小説家の帰還

古井由吉対談集

解説=鵜飼哲夫　年譜=著者、編集部

長篇『楽天記』刊行と踵を接するように行われた、文芸評論家、詩人、解剖学者、小説家を相手に時に軽やかで時に重厚、多面的な語りが繰り広げられる対話六篇。

ふA16

978-4-06-537248-7

稲葉真弓

半島へ

解説=木村朗子

親友の自死、元不倫相手の死、東京を離れ、志摩半島の海を臨む町に移住した私。人生の棚卸しをしながら、自然に抱かれ日々の暮らしを耕す。究極の「半島物語」。

いAD1

978-4-06-536833-6

村上春樹　カンガルー日和
村上春樹　回転木馬のデッド・ヒート
村上春樹　ノルウェイの森 (上)(下)
村上春樹　ダンス・ダンス・ダンス (上)(下)
村上春樹　遠い太鼓
村上春樹　国境の南、太陽の西
村上春樹　やがて哀しき外国語
村上春樹　アンダーグラウンド
村上春樹　スプートニクの恋人
村上春樹　アフターダーク
村上春樹 佐々木マキ 絵　羊男のクリスマス
村上春樹 佐々木マキ 絵　ふしぎな図書館
村上春樹 糸井重里　夢で会いましょう
村上春樹・文 安西水丸・絵　ふわふわ
U・K・ル＝グウィン 村上春樹 訳　空飛び猫
U・K・ル＝グウィン 村上春樹 訳　帰ってきた空飛び猫
U・K・ル＝グウィン 村上春樹 訳　素晴らしいアレキサンダーと、空飛び猫たち
U・K・ル＝グウィン 村上春樹 訳　空を駆けるジェーン
T・ファリッシュ著 B・ルート絵 村上春樹 訳　ポテト・スープが大好きな猫

村山由佳　天翔る
睦月影郎　密通妻
睦月影郎　快楽アクアリウム
向井万起男　渡る世間は「数字」だらけ
村田沙耶香　授乳
村田沙耶香　マウス
村田沙耶香　星が吸う水
村田沙耶香　殺人出産
村瀬秀信　気がつけばチェーン店ばかりでメシを食べている
村瀬秀信　それでも気がつけばチェーン店ばかりでメシを食べている
村瀬秀信　地方に行っても気がつけばチェーン店ばかりでメシを食べている
虫眼鏡　東海オンエアの動画が6.4倍楽しくなる本〈虫眼鏡の概要欄　クロニクル〉
森村誠一　悪道
森村誠一　悪道　西国謀反
森村誠一　悪道　御三家の刺客
森村誠一　悪道　五右衛門の復讐
森村誠一　悪道　最後の密命
森村誠一　ねこの証明
毛利恒之　月光の夏

森博嗣　すべてがFになる〈THE PERFECT INSIDER〉
森博嗣　冷たい密室と博士たち〈DOCTORS IN ISOLATED ROOM〉
森博嗣　笑わない数学者〈MATHEMATICAL GOODBYE〉
森博嗣　詩的私的ジャック〈JACK THE POETICAL PRIVATE〉
森博嗣　封印再度〈WHO INSIDE〉
森博嗣　幻惑の死と使途〈ILLUSION ACTS LIKE MAGIC〉
森博嗣　夏のレプリカ〈REPLACEABLE SUMMER〉
森博嗣　今はもうない〈SWITCH BACK〉
森博嗣　数奇にして模型〈NUMERICAL MODELS〉
森博嗣　有限と微小のパン〈THE PERFECT OUTSIDER〉
森博嗣　黒猫の三角〈Delta in the Darkness〉
森博嗣　人形式モナリザ〈Shape of Things Human〉
森博嗣　月は幽咽のデバイス〈The Sound Walks When the Moon Talks〉
森博嗣　夢・出逢い・魔性〈You May Die in My Show〉
森博嗣　魔剣天翔〈Cockpit on knife Edge〉
森博嗣　恋恋蓮歩の演習〈A Sea of Deceits〉
森博嗣　六人の超音波科学者〈Six Supersonic Scientists〉
森博嗣　捩れ屋敷の利鈍〈The Riddle in Torsional Nest〉
森博嗣　朽ちる散る落ちる〈Rot off and Drop away〉

講談社文庫　目録

桃戸ハル編・著　5分後に意外な結末〈ベスト・セレクション〉
桃戸ハル編・著　5分後に意外な結末〈ベスト・セレクション　黒の巻・白の巻〉
桃戸ハル編・著　5分後に意外な結末〈ベスト・セレクション　心震える赤の巻〉
桃戸ハル編・著　5分後に意外な結末〈ベスト・セレクション　心弾ける橙の巻〉
桃戸ハル編・著　5分後に意外な結末〈ベスト・セレクション　金の巻〉
桃戸ハル編・著　5分後に意外な結末〈ベスト・セレクション　銀の巻〉
森　功　高倉　健〈隠し続けた七つの顔と「謎の養女」〉
森　功　地面師〈他人の土地を売り飛ばす闇の詐欺集団〉
望月麻衣　京都船岡山アストロロジー
望月麻衣　京都船岡山アストロロジー2〈星と創作のアンサンブル〉
望月麻衣　京都船岡山アストロロジー3〈恋のハウスと檸檬色の憂鬱〉
桃《もも》野《の》雑《ざっ》派《ぱ》　老虎残夢
森沢明夫　本が紡いだ五つの奇跡
山田風太郎　甲賀忍法帖〈山田風太郎忍法帖①〉
山田風太郎　伊賀忍法帖〈山田風太郎忍法帖③〉
山田風太郎　忍法八犬伝〈山田風太郎忍法帖④〉
山田風太郎　風来忍法帖〈山田風太郎忍法帖⑪〉
山田風太郎　新装版　戦中派不戦日記
山田正紀　大江戸ミッション・インポッシブル〈顔役を消せ〉

山田正紀　大江戸ミッション・インポッシブル〈幽霊船を奪え〉
山田詠美　晩年の子供
山田詠美　A《エイ》2《トゥ》Z《ズイ》
山田詠美　珠玉の短編
柳家小三治　ま・く・ら
柳家小三治　もひとつま・く・ら
柳家小三治　バ・イ・ク
山口雅也　落語魅《ミ》捨《ステ》理《リ》全集〈坊主の愉しみ〉
山本一力　深川黄表紙掛取り帖
山本一力　牡丹酒〈深川黄表紙掛取り帖（二）〉
山本一力　ジョン・マン1　波濤編
山本一力　ジョン・マン2　大洋編
山本一力　ジョン・マン3　望郷編
山本一力　ジョン・マン4　青雲編
山本一力　ジョン・マン5　立志編
椰月美智子　十二歳
椰月美智子　しずかな日々
椰月美智子　ガミガミ女とスーダラ男
椰月美智子　恋愛小説

柳　広司　キング&クイーン
柳　広司　怪談
柳　広司　ナイト&シャドウ
柳　広司　幻影城市
柳　広司　風神雷神（上）（下）
薬丸　岳　闇の底
薬丸　岳　虚夢
薬丸　岳　刑事のまなざし
薬丸　岳　逃走
薬丸　岳　ハードラック
薬丸　岳　その鏡は嘘をつく
薬丸　岳　刑事の約束
薬丸　岳　Aではない君と
薬丸　岳　ガーディアン
薬丸　岳　刑事の怒り
薬丸　岳　天使のナイフ〈新装版〉
薬丸　岳　告解
山崎ナオコーラ　可愛い世の中
矢月秀作　A《ア》C《ク》T《ト》〈警視庁特別潜入捜査班〉

矢月秀作 ACT《アクト》2 告発者〈警視庁特別潜入捜査班〉
矢月秀作 ACT《アクト》3 掠奪〈警視庁特別潜入捜査班〉
矢野 隆 我が名は秀秋
矢野 隆 戦《いくさ》始末
矢野 隆 乱
矢野 隆 長篠の戦い〈戦百景〉
矢野 隆 桶狭間の戦い〈戦百景〉
矢野 隆 関ヶ原の戦い〈戦百景〉
矢野 隆 川中島の戦い〈戦百景〉
矢野 隆 本能寺の変〈戦百景〉
矢野 隆 山崎の戦い〈戦百景〉
矢野 隆 大坂冬の陣〈戦百景〉
矢野 隆 大坂夏の陣〈戦百景〉
山内マリコ かわいい結婚
山本周五郎 さぶ〈山本周五郎コレクション〉
山本周五郎 白石城死守〈山本周五郎コレクション〉
山本周五郎 完全版 日本婦道記(上)(下)〈山本周五郎コレクション〉
山本周五郎 戦国武士道物語 死《し》處《しょ》〈山本周五郎コレクション〉
山本周五郎 戦国物語 信長と家康〈山本周五郎コレクション〉
山本周五郎 幕末物語 失蝶記〈山本周五郎コレクション〉
山本周五郎 逃亡記 時代ミステリ傑作選〈山本周五郎コレクション〉
山本周五郎 家族物語 おもかげ抄〈山本周五郎コレクション〉
山本周五郎 繁《しげ》あね〈美しい女たちの物語〉
山本周五郎 雨あがる〈映画化作品集〉
柳田理科雄 スター・ウォーズ 空想科学読本
柳田理科雄 MARVEL マーベル空想科学読本
靖子靖史 空《くう》色《しき》カンバス〈瑞空寺《ずいくうじ》凸凹《でこぼこ》縁起《えんぎ》〉
安本由佳/山本理沙 不機嫌な婚活
山中伸弥/平尾誠二・惠子 友情〈平尾誠二と山中伸弥「最後の約束」〉
山手樹一郎 夢介千両みやげ(上)(下)〈完全版〉
山口仲美 すらすら読める枕草子
山本巧次 戦国快盗 嵐丸〈今川家を狙え〉
夜弦雅也 逆境〈大正警察 事件記録〉
夢枕 獏 大江戸釣客伝(上)(下)
夢枕 獏 大江戸《おおえど》火龍《かりゅう》改《あらため》
唯川 恵 雨心中
行成 薫 ヒーローの選択
行成 薫 バイバイ・バディ
行成 薫 スパイの妻
行成 薫 さよなら日和
柚月裕子 合理的にあり得ない〈上水流《かみづる》涼子《りょうこ》の解明〉
夕木春央 絞《こう》首《しゅ》商《しょう》會《かい》
夕木春央 サーカスから来た執達吏
夕木春央 方舟
吉村 昭 私の好きな悪い癖
吉村 昭 吉村昭の平家物語
吉村 昭 暁の旅人
吉村 昭 新装版 白い航跡(上)(下)
吉村 昭 新装版 海も暮れきる
吉村 昭 新装版 間宮林蔵
吉村 昭 新装版 赤い人
吉村 昭 新装版 落日の宴(上)(下)
吉村 昭 白い遠景
横尾忠則 言葉を離れる
与那原恵 わたぶんぶん〈わたしの「料理沖縄物語」〉
米原万里 ロシアは今日も荒れ模様
横山秀夫 半落ち

渡辺淳一　化粧(上)(下)
渡辺淳一　あじさい日記(上)(下)
渡辺淳一　熟年革命
渡辺淳一　幸せ上手
渡辺淳一　新装版 雲の階段(上)(下)
渡辺淳一　麻酔〈渡辺淳一セレクション〉
渡辺淳一　阿寒に果つ〈渡辺淳一セレクション〉
渡辺淳一　何処《いずこ》へ〈渡辺淳一セレクション〉
渡辺淳一　光と影〈渡辺淳一セレクション〉
渡辺淳一　花《はな》埋《うず》み〈渡辺淳一セレクション〉
渡辺淳一　氷紋〈渡辺淳一セレクション〉
渡辺淳一　長崎ロシア遊女館〈渡辺淳一セレクション〉
渡辺淳一　遠き落日(上)(下)〈渡辺淳一セレクション〉
輪《わ》渡《たり》颯介　古道具屋 皆塵堂
輪渡颯介　猫除け 古道具屋 皆塵堂
輪渡颯介　蔵盗み 古道具屋 皆塵堂
輪渡颯介　迎え猫 古道具屋 皆塵堂
輪渡颯介　祟《たた》り婿《むこ》 古道具屋 皆塵堂
輪渡颯介　影憑《つ》き 古道具屋 皆塵堂

輪渡颯介　夢の猫 古道具屋 皆塵堂
輪渡颯介　呪い禍 古道具屋 皆塵堂
輪渡颯介　髪追い 古道具屋 皆塵堂
輪渡颯介　怨返《おんがえ》し 古道具屋 皆塵堂
輪渡颯介　闇試し 古道具屋 皆塵堂
輪渡颯介　捻《ねじ》れ家《が》 古道具屋 皆塵堂
輪渡颯介　溝猫《どぶねこ》長屋 祠之怪《ほこらのかい》
輪渡颯介　優しき悪霊〈溝猫長屋 祠之怪〉
輪渡颯介　欺きの童《わらし》霊《れい》〈溝猫長屋 祠之怪〉
輪渡颯介　物の怪斬り〈溝猫長屋 祠之怪〉
輪渡颯介　別れの霊祠〈溝猫長屋 祠之怪〉
輪渡颯介　怪談飯屋古狸
輪渡颯介　祟《たた》り神 怪談飯屋古狸
輪渡颯介　攫《さら》い鬼〈怪談飯屋古狸〉
綿矢りさ　ウォーク・イン・クローゼット
和久井清水《きよみ》　水際のメメント〈きたまち建築事務所のリフォームカルテ〉
和久井清水　かなりあ堂迷鳥草子《めいちょうぞうし》
和久井清水　かなりあ堂迷鳥草子2 盗蜜《とうみつ》
和久井清水　かなりあ堂迷鳥草子3 夏塒《なつねぐら》

若菜晃子　東京甘味食堂

2024年9月13日現在